DIDEROT

Lettre sur le commerce de la librairie

Postface de
Jean-Yves Mollier

Couverture de
**Olivier Fontvieille
et Pierre Chassagnard**

ÉDITIONS MILLE ET UNE NUITS

DENIS DIDEROT
n° 434

Texte intégral

La présente édition a été établie d'après Denis Diderot, *Lettre sur le commerce de la librairie*, in *Œuvres complètes*, vol. 18, Paris, Garnier-Frères, 1876.

Notre adresse Internet : www.1001nuits.com

© Mille et une nuits, département de la Librairie Arthème Fayard,
octobre 2003 pour la présente édition.
ISBN : 2-84205-789-9

Sommaire

DENIS DIDEROT

Lettre sur le commerce
de la librairie

Lettre historique et politique adressée à un magistrat sur le commerce de la librairie,

son état ancien et actuel, ses règlements, ses privilèges, les permissions tacites, les censeurs, les colporteurs, le passage des ponts et autres objets relatifs à la police littéraire

Vous désirez, monsieur, de connaître mes idées sur une affaire qui vous paraît très importante et qui l'est. Je suis trop flatté de cette confiance pour ne pas y répondre avec la promptitude que vous exigez, et l'impartialité que vous êtes en droit d'attendre d'un homme de mon caractère. Vous me croyez instruit, et j'ai en effet les connaissances que donne une expérience journalière, sans compter la persuasion scrupuleuse où je suis que la bonne foi ne suffit pas toujours pour excuser des erreurs. Je pense sincèrement que, dans les discussions qui tiennent au bien général, il serait plus à propos de se taire que de s'exposer avec les intentions les meilleures à remplir l'esprit d'un magistrat d'idées fausses et pernicieuses.

Je vous dirai donc d'abord qu'il ne s'agit pas simplement ici des intérêts d'une communauté. Eh! que m'importe qu'il y ait une communauté de plus ou de moins, à moi qui suis un des plus zélés partisans de la liberté, prise sous l'acception la plus étendue, qui souffre avec chagrin de voir le dernier des talents gêné dans son exercice, des bras donnés par la nature et liés par des conventions, qui ai de tout temps été convaincu que les corporations étaient injustes et funestes, et qui en regarderais l'abolissement entier et absolu comme un pas vers un gouvernement plus sage ?

Ce dont il s'agit, c'est d'examiner, dans l'état où sont les choses et même dans toute autre supposition, quelles doivent être les suites des atteintes que l'on a données et qu'on pourrait encore donner à notre librairie, s'il faut souffrir plus longtemps les entreprises que des étrangers font sur son commerce, quelle liaison il y a entre ce commerce et la littérature, s'il est possible d'empirer l'un sans nuire à l'autre et d'appauvrir le libraire sans ruiner l'auteur, ce que c'est que les privilèges de livres, si ces privilèges doivent être compris sous la dénomination générale et odieuse des autres *exclusifs*, s'il y a quelque fondement légitime à en limiter la durée et en refuser le renouvellement, quelle est la nature des fonds de la librairie, quels sont les titres de la possession d'un ouvrage que le libraire acquiert par la cession d'un littérateur, s'ils ne sont que momentanés ou s'ils sont éternels ; l'examen de ces différents points me conduira aux éclaircissements que vous me demandez sur d'autres.

Mais avant tout, songez, monsieur, que sans parler de la légèreté indécente dans un homme public à dire, en quelque circonstance que ce soit, que si l'on vient à reconnaître qu'on a pris un mauvais parti, il n'y aura qu'à revenir sur ses pas et défaire ce qu'on aura fait, manière indigne et stupide de se jouer de l'état et de la fortune des citoyens, songez, dis-je, qu'il est plus fâcheux de tomber dans la pauvreté que d'être né dans la misère, que la condition d'un peuple abruti est pire que celle d'un peuple brute, qu'une branche de commerce égarée est une branche de commerce perdue, et qu'on fait en dix ans plus de mal qu'on n'en peut réparer en un siècle. Songez que plus les effets d'une mauvaise police sont durables, plus il est essentiel d'être circonspect, soit qu'il faille établir, soit qu'il faille abroger, et dans ce dernier cas, je vous demanderai s'il n'y aurait pas une vanité bien étrange, si l'on ne ferait pas une injure bien gratuite à ceux qui nous ont précédés dans le ministère, que de les traiter d'imbéciles sans s'être donné la peine de remonter à l'origine de leurs institutions, sans examiner les causes qui les ont suggérées et sans avoir suivi les révolutions favorables ou contraires qu'elles ont éprouvées. Il me semble que c'est dans l'historique des lois et de tout autre règlement qu'il faut chercher les vrais motifs de suivre ou de quitter la ligne tracée ; c'est aussi par là que je commencerai. Il faudra prendre les choses de

loin ; mais si je ne vous apprends rien, vous reconnaî-
trez du moins que j'avais les notions préliminaires que
vous me supposiez ; ayez donc, monsieur, la complai-
sance de me suivre.

Les premiers imprimeurs qui s'établirent en France
travaillèrent sans concurrents, et ne tardèrent pas à
faire une fortune honnête ; cependant, ce ne fut ni sur
Homère, ni sur Virgile, ni sur quelque auteur de cette
volée que l'imprimerie naissante s'essaya. On com-
mença par de petits ouvrages de peu de valeur, de peu
d'étendue et du goût d'un siècle barbare. Il est à pré-
sumer que ceux qui approchèrent nos anciens typo-
graphes, jaloux de consacrer les prémices de l'art à la
science qu'ils professaient et qu'ils devaient regarder
comme la seule essentielle, eurent quelque influence
sur leur choix. Je trouverais tout simple qu'un capucin
eût conseillé à Gutenberg de débuter par *La Règle de
saint François* ; mais indépendamment de la nature et
du mérite réel d'un ouvrage, la nouveauté de l'invention, la beauté de l'exécution, la différence de prix
d'un livre imprimé et d'un manuscrit, tout favorisait le
prompt débit du premier.

Après ces essais de l'art le plus important qu'on
pût imaginer pour la propagation et la durée des
connaissances humaines, essais que cet art n'offrait au
public que comme des gages de ce qu'on en pouvait

attendre un jour, qu'on ne dut pas rechercher long-temps, parce qu'ils étaient destinés à tomber dans le mépris à mesure qu'on s'éclairerait, et qui ne sont aujourd'hui précieusement recueillis que par la curio-sité bizarre de quelques personnages singuliers qui préfèrent un livre rare à un bon livre, un bibliomane comme moi, un érudit qui s'occupe de l'histoire de la typographie, comme le professeur Schepfling, ont entrepris des ouvrages d'une utilité générale et d'un usage journalier.

Mais ces ouvrages sont en petit nombre ; occupant presque toutes les presses de l'Europe à la fois, ils devinrent bientôt communs, et le débit n'en était plus fondé sur l'enthousiasme d'un art nouveau et juste-ment admiré. Alors peu de personnes lisaient ; un trai-tant n'avait pas la fureur d'avoir une bibliothèque et n'enlevait pas à prix d'or et d'argent à un pauvre litté-rateur un livre utile à celui-ci. Que fit l'imprimeur ? Enrichi par ses premières tentatives et encouragé par quelques hommes éclairés, il appliqua ses travaux à des ouvrages estimés, mais d'un usage moins étendu. On goûta quelques-uns de ses ouvrages, et ils furent enlevés avec une rapidité proportionnée à une infinité de circonstances diverses ; d'autres furent négligés, et il y en eut dont l'édition se fit en pure perte pour l'imprimeur. Mais le débit de ceux qui réussirent et la vente courante des livres nécessaires et journaliers

compensèrent sa perte par des rentrées continuelles,
et ce fut la ressource toujours présente de ces rentrées
qui inspira l'idée de se faire un fonds.

Un fonds de librairie est donc la possession d'un
nombre plus ou moins considérable de livres propres
à différents états de la société, et assorti de manière
que la vente sûre mais lente des uns, compensée avec
avantage par la vente aussi sûre mais plus rapide des
autres, favorise l'accroissement de la première possession. Lorsqu'un fonds ne remplit pas toutes ces conditions, il est ruineux. À peine la nécessité des fonds
fut-elle connue que les entreprises se multiplièrent à
l'infini, et bientôt les savants, qui ont été pauvres dans
tous les temps, purent se procurer à un prix modique
les ouvrages principaux en chaque genre.

Tout est bien jusqu'ici et rien n'annonce le besoin
d'un règlement ni de quoi que ce soit qui ressemble à
un code de librairie.

Mais pour bien saisir ce qui suit, soyez persuadé,
monsieur, que ces livres savants et d'un certain ordre
n'ont eu, n'ont et n'auront jamais qu'un petit nombre
d'acheteurs, et que sans le faste de notre siècle, qui
s'est malheureusement répandu sur toute sorte
d'objets, trois ou quatre éditions même des œuvres de
Corneille et de Voltaire suffiraient pour la France

entière : combien en faudrait-il moins de Bayle, de
Moréri, de Pline, de Newton et d'une infinité d'autres
ouvrages! Avant ces jours d'une somptuosité qui
s'épuise sur les choses d'apparat aux dépens des
choses utiles, la plupart des livres étaient dans le cas de
ces derniers, et c'était la rentrée continue des ouvrages
communs et journaliers, jointe au débit d'un petit
nombre d'exemplaires de quelques auteurs propres à
certains états, qui soutenait le zèle des commerçants.
Supposez les choses aujourd'hui comme elles étaient
alors ; supposez cette espèce d'harmonie subsistante
de compensation d'effets difficiles et d'effets courants
et brûlez le code de la librairie : il est inutile.

Mais l'industrie d'un particulier n'a pas plus tôt
ouvert une route nouvelle que la foule s'y précipite.
Bientôt les imprimeries se multiplièrent, et ces livres
de première nécessité et d'une utilité générale, ces
efforts dont le débit continuel et les rentrées journalières fomentaient l'émulation du libraire devinrent si
communs et d'une si pauvre ressource qu'il fallut plus
de temps pour en débiter un petit nombre que pour
consommer l'édition entière d'un autre ouvrage. Le
profit des effets courants devint presque nul, et le
commerçant ne retrouva pas sur les effets sûrs ce
qu'il perdait sur les premiers, parce qu'il n'y avait
aucune circonstance qui pût en changer la nature
et en étendre l'usage. Le hasard des entreprises parti-

culières ne fut plus balancé par la certitude des autres, et une ruine presque évidente conduisait insensiblement le libraire à la pusillanimité et à l'engourdissement, lorsqu'on vit paraître quelques-uns de ces hommes rares dont il sera fait mention à jamais dans l'histoire de l'imprimerie et des lettres, qui, animés de la passion de l'art et pleins de la noble et téméraire confiance que leur inspiraient des talents supérieurs, imprimeurs de profession, mais gens d'une littérature profonde, capables de faire face à la fois à toutes les difficultés, formèrent les projets les plus hardis et en seraient sortis avec honneur et profit sans un inconvénient que vous soupçonnez sans doute, et qui nous avance d'un pas vers la triste nécessité de recourir à l'autorité dans une affaire de commerce.

Dans l'intervalle, les disputes des fanatiques, qui font toujours éclore une infinité d'ouvrages éphémères mais d'un débit rapide, remplacèrent pour un moment les anciennes rentrées qui s'étaient éteintes. Le goût qui renaît quelquefois chez un peuple pour un certain genre de connaissances, mais qui ne renaît jamais qu'au déclin d'un autre goût qui cesse – comme nous avons vu de nos jours la fureur de l'histoire naturelle succéder à celle des mathématiques, sans que nous sachions quelle est la science qui étouffera le goût régnant –, cette effervescence subite tira peut-être des magasins quelques productions qui y pourrissaient ;

mais elle en condamna presque un égal nombre d'autres à y pourrir à leur place ; et puis les disputes religieuses s'apaisent, on se refroidit bientôt sur les ouvrages polémiques, on en sent le vide, on rougit de l'importance qu'on y mettait. Le temps qui produit les artistes singuliers et hardis est court ; et ceux dont je vous parlais ne tardèrent pas à connaître le péril des grandes entreprises, lorsqu'ils virent des hommes avides et médiocres tromper tout à coup l'espoir de leur industrie et leur enlever le fruit de leurs travaux.

En effet, les Estienne, les Morel et autres habiles imprimeurs, n'avaient pas plus tôt publié un ouvrage dont ils avaient préparé à grands frais une édition et dont l'exécution et le bon choix leur assuraient le succès, que le même ouvrage était réimprimé par des incapables qui n'avaient aucun de leurs talents, qui, n'ayant fait aucune dépense, pouvaient vendre à plus bas prix, et qui jouissaient de leurs avances et de leurs veilles sans avoir couru aucun de leurs hasards. Qu'en arriva-t-il ? Ce qui devait en arriver et ce qui en arrivera dans tous les temps.

La concurrence rendit la plus belle entreprise ruineuse ; il fallut vingt années pour débiter une édition, tandis que la moitié du temps aurait suffi pour en épuiser deux. Si la contrefaçon était inférieure à l'édition originale, comme c'était le cas ordinaire, le contrefacteur mettait son livre à bas prix ; l'indigence de l'homme de lettres préférait l'édition moins chère à la meilleure. Le contrefacteur n'en devenait guère plus riche, et l'homme entreprenant et habile, écrasé par l'homme inepte et rapace qui le privait inopinément d'un gain proportionné à ses soins, à ses dépenses, à sa main-d'œuvre et aux risques de son commerce, perdait son enthousiasme et restait sans courage.

Il ne s'agit pas, monsieur, de se perdre dans des spéculations à perte de vue et d'opposer des raisonnements vagues à des plaintes et à des faits qui sont devenus le motif d'un code particulier. Voilà l'histoire des premiers temps de l'art typographique et du commerce de librairie, image fidèle des nôtres et causes premières d'un règlement dont vous avez déjà prévu l'origine.

Dites-moi, monsieur, fallait-il fermer l'oreille aux plaintes des vexés, les abandonner à leur découragement, laisser subsister l'inconvénient et en attendre le remède du temps qui débrouille quelquefois de lui-même des choses que la prudence humaine achève de gâter ? Si cela est, négligeons l'étude du passé, attendons paisiblement la fin d'un désordre de sa propre durée, et abandonnons-nous à la discrétion du temps à venir, qui termine tout, à la vérité, mais qui termine tout bien ou mal, et, selon toute apparence, plus souvent mal que bien, puisque les hommes, malgré leur paresse naturelle, ne s'en sont pas encore tenus à cette politique si facile et si commode qui rend superflus les hommes de génie et les grands ministres.

Il est certain que le public paraissait profiter de la concurrence, qu'un littérateur avait pour peu de chose un livre mal conditionné, et que l'imprimeur habile, après avoir lutté quelque temps contre la longueur des rentrées et le malaise qui en était la suite, se déterminait communément à abaisser le prix du sien. Il serait trop ridicule aussi de supposer que le magistrat préposé à cette branche de commerce ne connût pas cet avantage et qu'il l'eût négligé, s'il eût été aussi réel qu'il le paraît au premier coup d'œil; mais ne vous trompez pas, monsieur, il reconnut bientôt qu'il n'était que momentané et qu'il tournait au détriment de la profession découragée et au préjudice des littérateurs et des lettres. L'imprimeur habile sans récompense, le contrefacteur injuste sans fortune, se trouvèrent également dans l'impossibilité de se porter à aucune grande entreprise, et il vint un moment où parmi un assez grand nombre de commerçants, on en aurait vainement cherché deux qui osassent se charger d'un in-folio. C'est la même chose à présent; la communauté des libraires et imprimeurs de Paris est composée de trois cent soixante commerçants; je mets en fait qu'on n'en trouverait pas dix plus entreprenants. J'en appelle aux bénédictins, aux érudits, aux théologiens, aux gens de lois, aux antiquaires, à tous ceux qui travaillent à de longs ouvrages et à de volumineuses collections, et si nous voyons aujourd'hui tant d'ineptes rédacteurs de grands livres et de petits, tant de feuillistes, tant d'abréviateurs, tant d'esprits médiocres occupés, tant d'habiles gens oisifs, c'est autant l'effet de l'indigence du libraire privé par les contrefaçons et une multitude d'autres abus de ses rentrées journalières, et réduit à l'impossibilité d'entreprendre un ouvrage important et d'une vente longue et difficile, que de la paresse et de l'esprit superficiel du siècle.

Ce n'est pas un commerçant qui vous parle, c'est un littérateur que ses confrères ont quelquefois consulté sur l'emploi de leur temps et de leur talent. Si je leur proposais quelque grande entreprise, ils ne me répondraient pas : « Qui est-ce qui me lira ? Qui est-ce qui m'achètera ? » mais : « Quand mon livre sera fait, où est le libraire qui s'en chargera ? » La plupart de ces gens-là n'ont pas le sou, et ce qu'il leur faut à présent, c'est quelque méchante brochure qui leur donne bien vite de l'argent et du pain. En effet, je pourrais vous citer vingt grands et bons ouvrages dont les auteurs sont morts avant que d'avoir pu trouver un commerçant qui s'en chargeât, même à vil prix.

Je vous disais tout à l'heure que l'imprimeur habile se déterminait communément à baisser son livre de prix ; mais il s'en trouva d'opiniâtres qui prirent le parti contraire au hasard de périr de misère. Il est sûr qu'ils faisaient la fortune du contrefacteur à qui ils envoyaient le grand nombre des acheteurs ; mais qu'en arrivait-il à ceux-ci ? C'est qu'ils ne tardaient guère à se dégoûter d'une édition méprisable, qu'ils finissaient par se pourvoir deux fois du même livre, que le savant qu'on se proposait de favoriser était vraiment lésé, et que les héritiers de l'imprimeur habile recueillaient quelquefois après la mort de leur aïeul une petite portion du fruit de ses travaux.

Je vous prie, monsieur, si vous connaissez quelque littérateur d'un certain âge, de lui demander combien de fois il a renouvelé sa bibliothèque et par quelle raison. On cède à sa curiosité et à son indigence dans le premier moment, mais c'est toujours le bon goût qui prédomine et qui chasse du rayon la mauvaise édition pour faire place à la bonne. Quoi qu'il en soit, tous ces imprimeurs célèbres dont nous recherchons à présent les éditions, qui nous étonnent par leurs travaux et dont la mémoire nous est chère, sont morts pauvres, et ils étaient sur le point d'abandonner leurs caractères et leurs presses, lorsque la justice du magistrat et la libéralité du souverain vinrent à leur secours.

Placés entre le goût qu'ils avaient pour la science et pour leur art, et la crainte d'être ruinés par d'avides concurrents, que firent ces habiles et malheureux imprimeurs ? Parmi les manuscrits qui restaient, ils en choisirent quelques-uns dont l'impression pût réussir ; ils en préparèrent l'édition en silence ; ils l'exécutèrent, et, pour parer autant qu'ils pouvaient à la contrefaçon qui avait commencé leur ruine et qui l'aurait consommée, lorsqu'ils furent sur le point de la publier, ils sollicitèrent auprès du monarque et en obtinrent un privilège *exclusif* pour leur entreprise. Voilà, monsieur, la première ligne du code de la librairie et son premier règlement.

Avant que d'aller plus loin, monsieur, ne puis-je pas vous demander ce que vous improuvez dans la précaution du commerçant ou dans la faveur du souverain ?

Cet exclusif, me répondrez-vous, était contre le droit commun.

J'en conviens.

Le manuscrit pour lequel il était accordé n'était pas le seul qui existât, et un autre typographe en possédait ou pouvait s'en procurer un semblable. Cela est vrai, mais à quelques égards seulement, car l'édition d'un ouvrage, surtout dans ces premiers temps, ne supposait pas seulement la possession d'un manuscrit, mais la collection d'un grand nombre, collection longue, pénible, dispendieuse ; cependant je ne vous arrêterai point, je ne veux pas être difficultueux. – Or, ajoutez-vous, il devait paraître dur de concéder à l'un ce qu'on refusait à un autre. – Cela le parut aussi, quoique ce fût le cas ou jamais de plaider la cause du premier occupant et d'une possession légitime, puisqu'elle était fondée sur des risques, des soins et des avances. Cependant pour que la dérogation au droit commun ne fût pas excessive, on jugea à propos de limiter le temps de l'exclusif. Vous voyez que le ministère, procédant avec quelque connaissance de cause, répondait en partie à vos vues ; mais ce que vous ne voyez peut-être pas et ce qu'il n'aperçut pas d'abord, c'est que loin de protéger l'entrepreneur, il lui tendait un piège. Oui, monsieur, un piège, et vous allez en juger.

Il n'en est pas d'un ouvrage comme d'une machine dont l'essai constate l'effet, d'une invention qu'on peut vérifier en cent manières, d'un secret dont le succès est éprouvé. Celui même d'un livre excellent dépend, au moment de l'édition, d'une infinité de circonstances raisonnables ou bizarres que toute la sagacité de l'intérêt ne saurait prévoir.

Je suppose que *L'Esprit des lois* fût la première production d'un auteur inconnu et relégué par la misère à un quatrième étage ; malgré toute l'excellence de cet ouvrage, je doute qu'on en eût fait trois éditions, et il y en a peut-être vingt. Les dix-neuf vingtièmes de ceux qui l'ont acheté sur le nom, la réputation, l'état et les talents de l'auteur, et qui le citent sans cesse sans l'avoir lu et sans l'avoir entendu, le connaîtraient à peine de nom. Et combien d'auteurs qui n'ont obtenu la célébrité qu'ils méritaient que longtemps après leur mort ? C'est le sort de presque tous les hommes de génie ; ils ne sont pas à la portée de leur siècle ; ils écrivent pour la génération suivante. Quand est-ce qu'on va rechercher leurs productions chez le libraire ? C'est quelque trentaine d'années après qu'elles sont sorties de son magasin pour aller chez le cartonnier. En mathématiques, en chimie, en histoire naturelle, en jurisprudence, en un très grand nombre de genres particuliers, il arrive tous les jours que le privilège est expiré que l'édition n'est pas à moitié consommée. Or, vous concevez que ce qui est à présent a dû être autrefois, et sera toujours. Quand on eut publié la première édition d'un ancien manuscrit, il arriva souvent à la publication d'une seconde que le restant de la précédente tombait en pure perte pour le privilégié.

Il ne faut pas imaginer que les choses se fassent sans cause, qu'il n'y ait d'hommes sages qu'au temps où l'on vit et que l'intérêt public ait été moins connu ou moins cher à nos prédécesseurs qu'à nous. Séduits par des idées systématiques, nous attaquons leur conduite, et nous sommes d'autant moins disposés à reconnaître leur prudence, que l'inconvénient auquel ils ont remédié par leur police ne nous frappe plus.

De nouvelles représentations de l'imprimeur sur les limites trop étroites de son privilège furent portées au magistrat, et donnèrent lieu à un nouveau règlement, ou à une modification nouvelle du premier. N'oubliez pas, monsieur, qu'il est toujours question de manuscrits de droit commun. On pesa les raisons du commerçant et l'on conclut à lui accorder un second privilège à l'expiration du premier. Je vous laisse à juger si l'on empirait les choses au lieu de les améliorer, mais il faut que ce soit l'un ou l'autre. C'est ainsi qu'on s'avançait peu à peu à la perpétuité et à l'immutabilité du privilège ; et il est évident que, par ce second pas, on se proposait de pourvoir à l'intérêt légitime de l'imprimeur, à l'encourager, à lui laisser un sort, à lui et à ses enfants, à l'attacher à son état, et à le porter aux entreprises hasardeuses, en en perpétuant le fruit dans sa maison et dans sa famille : et je vous demanderai si ces vues étaient saines, ou si elles ne l'étaient pas.

Blâmer quelque institution humaine parce qu'elle n'est pas d'une bonté générale et absolue, c'est exiger qu'elle soit divine ; vouloir être plus habile que la Providence, qui se contente de balancer les biens par les maux, plus sage dans nos conventions que la nature dans ses lois, et troubler l'ordre du tout par le cri d'un atome qui se croit choqué rudement.

Cependant cette seconde faveur s'accorda rarement ; il y eut une infinité de réclamations aveugles ou éclairées, comme il vous plaira de les appeler pour ce moment. La grande partie des imprimeurs qui, dans ce corps, ainsi que dans les autres, est plus ardente à envahir les ressources de l'homme inventif et entreprenant qu'habile à en imaginer, privée de l'espoir de se jeter sur la dépouille de ses confrères, poussa les hauts cris ; on ne manqua pas, comme vous pensez bien, de mettre en avant la liberté du commerce blessée et le despotisme de quelques particuliers prêt à s'exercer sur le public et sur les savants ; on présenta à l'Université et aux Parlements l'épouvantail d'un monopole littéraire, comme si un libraire français pouvait tenir un ouvrage à un prix excessif sans que l'étranger attentif ne passât les jours et les nuits à le contrefaire et sans que l'avidité de ses confrères recourût aux mêmes moyens, et cela, comme on n'en a que trop d'exemples, au mépris de toutes les lois afflictives, qu'un commerçant ignorât que son véritable intérêt consiste dans la célérité du débit et le nombre des éditions, et qu'il ne sentît pas mieux que personne ses hasards et ses avantages. Ne dirait-on pas, s'il fallait en venir à cette extrémité, que celui qui renouvelle le privilège ne soit pas le maître de fixer le prix de la chose ? Mais il est d'expérience que les ouvrages les plus réimprimés sont les meilleurs, les plus achetés, vendus au plus bas prix, et les instruments les plus certains de la fortune du libraire.

Cependant ces cris de la populace du corps, fortifiés de ceux de l'Université, furent entendus des Parlements, qui crurent apercevoir dans la loi nouvelle la protection injuste d'un petit nombre de particuliers aux dépens des autres, et voilà arrêts sur arrêts contre la prorogation des privilèges ; mais permettez, monsieur, que je vous rappelle encore une fois, à l'acquit des Parlements, que ces premiers privilèges n'avaient pour objet que les anciens ouvrages et les premiers manuscrits, c'est-à-dire des effets qui, n'appartenant pas proprement à aucun acquéreur, étaient de droit commun. Sans cette attention, vous confondriez des objets fort différents. Un privilège des temps dont je vous parle ne ressemble pas plus à un privilège d'aujourd'hui qu'une faveur momentanée, une grâce libre et amovible à une possession personnelle, une acquisition fixe, constante et inaliénable sans le consentement exprès du propriétaire. C'est une distinction à laquelle vous pouvez compter que la suite donnera toute la solidité que vous exigez.

Au milieu du tumulte des guerres civiles qui désolè-
rent le royaume sous les règnes des fils d'Henri Second,
l'imprimerie, la librairie et les lettres, privées de la protection et de la bienfaisance des souverains, demeurè-
rent sans appui, sans ressources et presque anéanties;
car qui est-ce qui a l'âme assez libre pour écrire, pour
lire entre des épées nues? Kerver, qui jouissait dès 1563
du privilège exclusif pour les *Usages romains*, réformés
selon le concile de Trente, et qui en avait obtenu deux
continuations de six années chacune, fut presque le seul
en état d'entreprendre un ouvrage important.

À la mort de Kerver, qui arriva en 1583, une compagnie de cinq libraires, qui s'accrut ensuite de quelques
associés, soutenue de ce seul privilège, qui lui fut continué à diverses reprises dans le cours d'un siècle, publia
un nombre d'excellents livres. C'est à ces commerçants
réunis ou séparés que nous devons les ouvrages connus
sous le titre de *la Navire*, ces éditions grecques qui hono-
rent l'imprimerie française, dont on admire l'exécution, et parmi lesquelles, malgré les progrès de la
critique et de la typographie, il en reste plusieurs qu'on
recherche et qui sont de prix. Voilà des faits sur lesquels
je ne m'étendrai point et que j'abandonne à vos
réflexions.

Cependant ce privilège des *Usages* fut vivement
revendiqué par le reste de la communauté, et il y eut

différents arrêts qui réitérèrent la proscription de ces sortes de prorogations de privilèges. Plus je médite la conduite des tribunaux dans cette contestation, moins je me persuade qu'ils entendissent bien nettement l'état de la question. Il s'agissait de savoir si en mettant un *effet* en commun on jetterait le corps entier de la librairie dans un état indigent, ou si en laissant la jouissance exclusive aux premiers possesseurs, on réserverait quelques ressources aux grandes entreprises ; cela me semble évident. En prononçant contre les prorogations, le Parlement fut du premier avis ; en les autorisant, le Conseil fut du second, et les associés continuèrent à jouir de leur privilège. Il y a plus. Je vous prie, monsieur, de me suivre.

Le chancelier Séguier, homme de lettres et homme d'État, frappé de la condition misérable de la librairie, et convaincu que si la compagnie des *Usages* avait tenté quelques entreprises considérables, c'était au bénéfice de son privilège qu'on le devait, loin de donner atteinte à cette ressource, imagina de l'étendre à un plus grand nombre d'ouvrages dont la possession sûre et continue pût accroître le courage avec l'aisance du commerçant, et voici le moment où la police de la librairie va faire un nouveau pas, et que les privilèges changent tout à fait de nature. Heureux si le titre odieux de privilège avait aussi disparu.

Ce n'était plus alors sur des manuscrits anciens et de droit commun que les éditions se faisaient ; ils étaient presque épuisés, et l'on avait déjà publié des ouvrages d'auteurs contemporains qu'on avait crus dignes de passer aux nations éloignées et aux temps à venir, et qui promettaient au libraire plusieurs éditions. Le commerçant en avait traité avec le littérateur ; en conséquence, il en avait sollicité en chancellerie les privilèges, et à l'expiration de ces privilèges leur prorogation ou renouvellement.

L'accord entre le libraire et l'auteur contemporain se faisait alors comme aujourd'hui : l'auteur appelait le libraire et lui proposait son ouvrage ; ils convenaient ensemble du prix, de la forme et des autres conditions. Ces conditions et ce prix étaient stipulés dans un acte sous seing privé par lequel l'auteur, à perpétuité, cédait et sans retour son ouvrage au libraire et à ses ayants cause.

Mais, comme il importait à la religion, aux mœurs et au gouvernement qu'on ne publiât rien qui pût blesser ces objets respectables, le manuscrit était présenté au chancelier ou à son substitut, qui nommait un censeur de l'ouvrage, sur l'attestation duquel l'impression en était permise ou refusée. Vous imaginez sans doute que ce censeur devait être quelque personnage grave, savant, expérimenté, un homme dont la sagesse et les lumières répondissent à l'importance de sa fonction. Quoi qu'il en soit, si l'impression du manuscrit était permise, on délivrait au libraire un titre qui retint toujours le nom de privilège, qui l'autorisait à publier l'ouvrage qu'il avait acquis et qui lui garantissait, sous des peines spécifiées contre le perturbateur, la jouissance tranquille d'un bien dont l'acte sous seing privé, signé de l'auteur et de lui, lui transmettait la possession perpétuelle.

L'édition publiée, il était enjoint au libraire de représenter son manuscrit, qui seul pouvait constater l'exacte conformité de la copie et de l'original et accuser ou excuser le censeur.

Le temps du privilège était limité, parce qu'il en est des ouvrages ainsi que des lois, et qu'il n'y a peut-être aucune doctrine, aucun principe, aucune maxime dont il convienne également d'autoriser en tout temps la publicité.

Le temps du premier privilège expiré, si le commerçant en sollicitait le renouvellement, on le lui accordait sans difficulté. Et pourquoi lui en aurait-on fait? Est-ce qu'un ouvrage n'appartient pas à son auteur autant que sa maison ou son champ? Est-ce qu'il n'en peut aliéner à jamais la propriété? Est-ce qu'il serait permis, sous quelque cause ou prétexte que ce fût, de dépouiller celui qu'il a librement substitué à son droit ? Est-ce que ce substitué ne mérite pas pour ce bien toute la protection que le gouvernement accorde aux propriétaires contre les autres sortes d'usurpateurs ? Si un particulier imprudent ou malheureux a acquis à ses risques et fortunes un terrain empesté, ou qui le devienne, sans doute il est du bon ordre de défendre de l'habiter ; mais sain ou empesté, la propriété lui en reste, et ce serait un acte de tyrannie et d'injustice qui ébranlerait toutes les conventions des citoyens que d'en transférer l'usage et la propriété à un autre. Mais je reviendrai sur ce point qui est la base solide ou ruineuse de la propriété du libraire.

Cependant, en dépit de ces principes qu'on peut regarder comme les éléments de la jurisprudence sur les possessions et les acquisitions, le Parlement continua d'improuver par ses arrêts les renouvellements et prorogations de privilèges, sans qu'on en puisse imaginer d'autre raison que celle-ci : c'est que n'étant pas suffisamment instruit de la révolution qui s'était faite dans la police de la librairie et la nature des privilèges, l'épouvantail de l'*exclusif* le révoltait toujours. Mais le Conseil, plus éclairé, j'ose le dire, distinguant avec raison l'acte libre de l'auteur et du libraire d'avec le privilège de la chancellerie, expliquait les arrêts du Parlement et en restreignait l'exécution aux livres anciens qu'on avait originairement publiés d'après des manuscrits communs, et continuait à laisser et à garantir aux libraires la propriété de ceux qu'ils avaient légitimement acquis d'auteurs vivants ou de leurs héritiers.

Mais l'esprit d'intérêt n'est pas celui de l'équité ; ceux qui n'ont rien ou peu de chose sont tout prêts à céder le peu ou le rien qu'ils ont pour le droit de se jeter sur la fortune de l'homme aisé. Les libraires indigents et avides étendirent contre toute bonne foi les arrêts du Parlement à toutes sortes de privilèges, et se crurent autorisés à contrefaire indistinctement et les livres anciens et les livres nouveaux lorsque ces privilèges étaient expirés, alléguant, selon l'occasion, ou la jurisprudence du Parlement, ou l'ignorance de la prorogation du privilège.

De là une multitude de procès toujours jugés contre le contrefacteur, mais presque aussi nuisibles au gagnant qu'au perdant, rien n'étant plus contraire à l'assiduité que demande le commerce que la nécessité de poursuivre ses droits devant les tribunaux.

Mais la conduite d'une partie de ces libraires qui, par l'attrait présent d'usurper une partie de la fortune de leurs confrères, abandonnait celle de leur postérité à l'usurpation du premier venu, ne vous paraît-elle pas bien étrange ? Vous conviendrez, monsieur, que ces

misérables en usaient comme des gens dont les neveux
et les petits-neveux étaient condamnés à perpétuité à
être aussi pauvres que leurs aïeux. Mais j'aime mieux
suivre l'histoire du code de la librairie et de l'institution des privilèges que de me livrer à des réflexions
affligeantes sur la nature de l'homme.

Pour étouffer ces contestations de libraires à
libraires qui fatiguaient le Conseil et la chancellerie, le
magistrat défendit verbalement à la communauté de
rien imprimer sans lettres-privilèges du grand sceau.
La communauté, c'est-à-dire la partie misérable, fit des
remontrances; mais le magistrat tint ferme, il étendit
même son ordre verbal jusqu'aux livres anciens, et le
Conseil, statuant en conséquence de cet ordre sur les
privilèges et leurs continuations par lettres patentes du
20 décembre 1649, défendit d'imprimer aucun livre
sans privilège du roi, donna la préférence au libraire
qui aurait obtenu le premier des lettres de continuation accordées à plusieurs, proscrivit les contrefaçons,
renvoya les demandes de continuations à l'expiration
des privilèges, restreignit ces demandes à ceux à qui
les privilèges auraient été premièrement accordés, permit à ceux-ci de les faire renouveler quand ils en avi-
seraient bon être, et voulut que toutes les lettres de
privilèges et de continuations fussent portées sur le
registre de la communauté que le syndic serait tenu de
représenter à la première réquisition, pour qu'à l'ave-

nir on n'en prétendît cause d'ignorance, et qu'il n'y eût aucune concurrence frauduleuse ou imprévue, à l'obtention d'une même permission.

Après cette décision, ne vous semble-t-il pas, monsieur, que tout devait être fini, et que le ministère avait pourvu, autant qu'il était en lui, à la tranquillité des possesseurs ? Mais la partie indigente et rapace de la communauté fit les derniers efforts contre les liens nouveaux qui arrêtaient ses mains.

Vous serez peut-être surpris qu'un homme, à qui vous ne refusez pas le titre de compatissant, s'élève contre les indigents. Monsieur, je veux bien faire l'aumône, mais je ne veux pas qu'on me vole ; et si la misère excuse l'usurpation, où en sommes-nous ?

Le père du dernier des Estienne, qui avait plus de tête que de fortune et pas plus de fortune que d'équité, fut élevé tumultuairement à la qualité de syndic par la cabale des mécontents. Dans cette place, qui lui donnait du poids, il poursuivit et obtint différents arrêts du Parlement qui l'autorisaient à assigner en la cour ceux à qui il serait accordé des continuations de privilèges, et parmi ces arrêts, celui du 7 septembre 1657 défend en général de solliciter aucune permission de réimprimer, s'il n'y a dans l'ouvrage augmentation d'un quart.

Eh bien, monsieur, connaissez-vous rien d'aussi bizarre ? J'avoue que je suis bien indigné de ces réimpressions successives qui réduisent en dix ans ma bibliothèque au quart de sa valeur ; mais faut-il qu'on empêche par cette considération un auteur de corriger incessamment les fautes qui lui sont échappées, de retrancher le superflu, et de suppléer ce qui manque à son ouvrage ? Ne pourrait-on pas ordonner au libraire, à chaque réimpression nouvelle, de distribuer les additions, corrections, retranchements et changements à part ? Voilà une attention digne du magistrat, s'il aime vraiment les littérateurs, et des chefs de la librairie, s'ils ont quelque notion du bien public. Qu'on trouve une barrière à ce sot orgueil, à cette basse condescendance de l'auteur pour le libraire et au brigandage de celui-ci. N'est-il pas criant que pour une ligne de plus ou de moins, une phrase retournée, une addition de deux lignes, une note bonne ou mauvaise, on réduise presque à rien un ouvrage volumineux qui m'a coûté beaucoup d'argent ? Suis-je donc assez riche pour qu'on puisse multiplier à discrétion mes pertes et ma dépense ? Et que m'importe que les magasins du libraire se remplissent ou se vident, si ma bibliothèque dépérit de jour en jour, et s'il me ruine en s'enrichissant ? Pardonnez, monsieur, cet écart à un homme qui vous citerait vingt ouvrages de prix dont il a été obligé d'acheter quatre éditions différentes en vingt ans, et à qui, sous une autre police, il en aurait coûté la moitié moins pour avoir deux fois plus de livres.

Après un schisme assez long, la communauté des libraires se réunit et fit le 27 août 1660 un résultat par lequel il fut convenu, à la pluralité des voix, que ceux qui obtiendront privilège ou continuation de privilège, même d'ouvrages publiés hors du royaume, en jouiront exclusivement.

Mais quel pacte solide peut-il y avoir entre la misère et l'aisance ? Faut-il s'être pénétré de principes de justice bien sévères pour sentir que la contrefaçon est un vol ? Si un contrefacteur mettait sous presse un ouvrage dont le manuscrit lui eût coûté beaucoup d'argent et dont le ministère lui eût en conséquence accordé la jouissance exclusive, et se demandait à lui-même s'il trouverait bon qu'on le contrefît, que se répondrait-il ? Ce cas est si simple que je ne supposerai jamais qu'avec la moindre teinture d'équité, un homme en place ait eu d'autres idées que les miennes. Cependant les contrefaçons continuèrent, surtout dans les provinces où l'on prétextait l'ignorance des continuations accordées, et où l'on opposait les décisions du Parlement au témoignage de sa conscience. Les propriétaires poursuivaient les contrefacteurs, mais le châtiment qu'ils en obtinrent les dédommageat-il du temps et des sommes qu'ils avaient perdus et qu'ils auraient mieux employés?

Le Conseil, qui voyait sa prudence éludée, n'abandonna pas son plan. Combien la perversité des méchants met d'embarras aux choses les plus simples, et qu'il faut d'opiniâtreté et de réflexions pour parer à ces subterfuges! M. d'Ormesson enjoignit à la communauté, le 8 janvier 1665, de proposer des moyens efficaces, si elle en connaissait, de terminer toutes les contestations occasionnées par les privilèges et les continuations de privilèges.

Estienne, cet antagoniste si zélé des privilégiés, avait changé de parti; on avait un certificat de sa main daté du 23 octobre 1664, que les privilèges des vieux livres et la continuation de privilèges des nouveaux étaient nécessaires à l'intérêt public. On produisit ce titre d'ignorance ou de mauvaise foi dans l'instance de Josse, libraire de Paris, contre Malassis, libraire de Rouen, contrefacteur du Busée et du Beuvelet. Les communautés de Rouen et de Lyon étaient intervenues dans cette affaire; le Conseil jugea l'occasion propre à manifester positivement ses intentions. Malassis fut condamné aux peines portées par les règlements, et les dispositions des lettres patentes du 20 décembre 1649 furent renouvelées par un arrêt du 27 février 1665, qui enjoignit de plus à ceux qui se proposeraient d'obtenir des continuations de privilèges de les solliciter un an avant l'expiration, et déclara qu'on ne pourrait demander aucune lettre de privilège ou de continuation pour imprimer les auteurs anciens, à moins qu'il n'y eût augmentation ou correction considérable, et que les continuations de privilèges seraient signifiées à Lyon, Rouen, Toulouse, Bordeaux et Grenoble, signification qui s'est rarement faite, chaque libraire, soit de Paris, soit de province, étant tenu à l'enregistrement de ses privilèges et continuations à la chambre syndicale de Paris. Le syndic a, par ce moyen, connaissance des privilèges et continuations antérieurement accordés ; et cet officier peut toujours refuser l'enregistrement des privilèges et des continuations postérieurs et en donner avis aux intéressés, sur l'opposition desquels le poursuivant se désiste, ou procède au Conseil.

Voilà donc l'état des privilèges devenu constant, et les possesseurs de manuscrits acquis des auteurs obtenant une permission de publier, dont ils sollicitent la continuation autant de fois qu'il convient à leur intérêt, et transmettant leurs droits à d'autres à titre de vente, d'hérédité ou d'abandon, comme on l'avait pratiqué dans la compagnie des *Usages* pendant un siècle entier.

Ce dernier règlement fut d'autant plus favorable à la librairie que, les évêques commençant à faire des

Usages particuliers pour leurs diocèses, les associés pour l'*Usage romain*, qui cessait d'être universel, se séparèrent, laissèrent aller à l'étranger cette branche de commerce qui les avait soutenus si longtemps avec une sorte de distinction, et furent obligés, par les suites d'une spéculation mal entendue, de se pourvoir de ces mêmes livres d'*Usages* auprès de ceux qu'ils en fournissaient auparavant ; mais les savants qui illustrèrent le siècle de Louis XIV rendirent cette perte insensible.

Comptez un peu, monsieur, sur la parole d'un homme qui a examiné les choses de près. Ce fut aux ouvrages de ces savants, mais plus encore peut-être à la propriété des acquisitions et à la permanence inaltérable des privilèges, qu'on dut les cinquante volumes in-folio et plus de la collection des Pères de l'Église par les révérends pères bénédictins, les vingt volumes in-folio des *Antiquités* du P. de Montfaucon, les quatorze volumes in-folio de Martenne, l'*Hippocrate* de Chartier grec et latin, en neuf volumes in-folio, les six volumes in-folio du *Glossaire* de Ducange, les neuf volumes in-folio de l'*Histoire généalogique*, les dix volumes in-folio de Cujas, les cinq volumes in-folio de Dumoulin, les belles éditions du Rousseau, du Molière, du Racine, en un mot tous les grands livres de théologie, d'histoire, d'érudition, de littérature et de droit.

En effet, sans les rentrées journalières d'un autre fonds de librairie, comment aurait-on formé ces entreprises hasardeuses ? Le mauvais succès d'une seule a quelquefois suffi pour renverser la fortune la mieux assurée ; et sans la sûreté des privilèges qu'on accordait, et pour ces ouvrages pesants, et pour d'autres dont le courant fournissait à ces tentatives, comment auront-on osé s'y livrer quand on l'aurait pu ?

Le Conseil, convaincu par expérience de la sagesse de ses règlements, les soutint et les a soutenus jusqu'à nos jours par une continuité d'arrêts qui vous sont mieux connus qu'à moi.

M. l'abbé Daguesseau, placé à la tête de la librairie, n'accorda jamais de privilège à d'autres qu'à ceux qui en étaient revêtus, sans un désistement exprès.

Le droit de privilège, une fois accordé, ne s'éteignit pas même à son expiration : l'effet en fut prolongé jusqu'à l'entière consommation des éditions.

Plusieurs arrêts, et spécialement celui du Conseil du 10 janvier, prononça contre des libraires de Toulouse la confiscation de livres qu'ils avaient contrefaits après l'expiration des privilèges. Le motif de la confiscation fut qu'il se trouvait de ces livres en nombre dans les magasins des privilégiés, et ce motif, qui n'est pas le seul, est juste. Un commerçant n'est-il pas assez grevé par l'oisiveté de ses fonds qui restent en piles dans un magasin, sans que la concurrence d'un contrefacteur condamne ces piles à l'immobilité ou à la rame ? N'est-ce pas le privilégié qui a acquis le manuscrit de l'auteur et qui l'a payé ? Qui est-ce qui est propriétaire ? Qui est-ce qui l'est plus légitimement ? N'est-ce pas sous la sauvegarde qu'on lui a donnée, sous la protection dont il a le titre signé de la main du souverain, qu'il a consommé son entreprise ? S'il est juste qu'il jouisse, n'est-il pas injuste qu'il soit spolié et indécent qu'on le souffre ?

Telles sont, monsieur, les lois établies sur les privilèges ; c'est ainsi qu'elles se sont formées. Si on les a quelquefois attaquées, elles ont été constamment maintenues, si vous en exceptez une seule circonstance récente.

Par un arrêt du 14 septembre 1761, le Conseil a accordé aux descendantes de notre immortel La Fontaine le privilège de ses *Fables*. Il est beau sans doute à un peuple d'honorer la mémoire de ses grands hommes dans leur postérité. C'est un sentiment trop noble, trop généreux, trop digne de moi, pour qu'on m'entende le blâmer. Le vainqueur de Thèbes respecta la maison de Pindare au milieu des ruines de la patrie de ce poète, et l'histoire a consacré ce trait aussi honorable au conquérant qu'aux lettres. Mais si Pindare, pendant sa vie, eût vendu sa maison à quelque Thébain, croyez-vous qu'Alexandre eût déchiré le contrat de vente et chassé le légitime propriétaire? On a supposé que le libraire n'avait aucun titre de propriété, et je suis tout à fait disposé à le croire; il n'est pas d'un homme de mon état de plaider la cause du commerçant contre la postérité de l'auteur; mais il est d'un homme juste de reconnaître la justice et de dire la vérité même contre son propre intérêt; et ce serait peut-être le mien de ne pas ôter à mes enfants, à qui je laisserai moins encore de fortune que d'illustration, la triste ressource de dépouiller mon libraire quand je ne serai plus. Mais s'ils ont jamais la bassesse de recourir à l'autorité pour commettre cette injustice, je leur déclare qu'il faut que les sentiments que je leur ai inspirés soient tout à fait éteints dans leurs cœurs, puisqu'ils foulent aux pieds, pour de l'argent, tout ce qu'il y a de sacré dans les lois civiles sur la possession, que je me suis cru et que j'étais apparemment le maître de mes productions bonnes ou mauvaises, que je les ai librement, volontairement aliénées, que j'en ai reçu le prix que j'y mettais, et que le quartier de vigne ou l'arpent de pré que je serai forcé de distraire encore à l'héritage de mes pères, pour fournir à leur éducation, ne leur appartient pas davantage. Qu'ils voient donc le parti qu'ils ont à prendre; il faut, ou me déclarer insensé au moment où je transigeais, ou s'accuser de l'injustice la plus criante.

Cette atteinte, qui sapait l'état des libraires par ses fondements, répandit les plus vives alarmes dans tout le corps de ces commerçants. Les intéressés, qu'on spoliait en faveur des demoiselles La Fontaine, criaient que l'arrêt du Conseil n'avait été obtenu que sur un faux exposé. L'affaire semblait encore pendante à ce tribunal. Cependant on enjoignait par une espèce de règlement l'enregistrement de leur privilège à la chambre, nonobstant toute opposition. Cette circonstance acheva de déterminer la communauté, déjà disposée à faire des démarches par l'importance du fonds, à s'unir et à intervenir. On représenta que ce mépris de l'opposition était contraire à tout ce qui s'est jamais pratiqué pour les grâces du prince, qu'il ne les accorde que sauf le droit d'autrui, qu'elles n'ont de valeur qu'après l'enregistrement, qui suppose dans ceux à qui elles sont notifiées par cette voie l'examen le plus scrupuleux du préjudice qu'elles pourraient causer ; que si, nonobstant cet examen des syndics et adjoints et la connaissance du tort que la bienveillance du souverain occasionnerait et les oppositions légitimes qui leur sont faites, ils passaient à l'enregistrement, ils iraient certainement contre l'intention du prince, qui n'a pas besoin et qui ne se propose jamais d'opprimer un de ses sujets pour en favoriser un autre, et que, dans le cas dont il s'agissait, il ôterait évidemment la propriété au possesseur pour la transférer au demandeur contre la maxime du droit.

Franchement, monsieur, je ne sais ce qu'on peut répondre à ces représentations, et j'aime mieux croire qu'elles n'arrivent jamais aux oreilles du maître ; c'est un grand malheur pour les souverains de ne pouvoir jamais entendre la vérité ; c'est une cruelle satire de ceux qui les environnent que cette barrière impénétrable qu'ils forment autour de lui et qui l'en écarte. Plus je vieillis et plus je trouve ridicule de juger du bonheur d'un peuple par la sagesse de ses institutions. Eh ! à quoi servent ces institutions si sages, si elles ne sont pas observées ? Ce sont quelques belles lignes écrites pour l'avenir sur un feuillet de papier.

Je m'étais proposé de suivre l'établissement des lois concernant les privilèges de la librairie depuis leur origine jusqu'au moment présent, et j'ai rempli cette première partie de ma tâche ; il me reste à examiner un peu plus strictement leur influence sur l'imprimerie, la librairie et la littérature, et ce que ces trois états auraient à gagner ou à perdre dans leur abolissement. Je me répéterai quelquefois, je reviendrai sur plusieurs points que j'ai touchés en passant, je serai plus long ; mais peu m'importe pourvu que j'en devienne en même temps plus convaincant et plus clair. Il n'y a guère de magistrats, sans vous en excepter, monsieur, pour qui la matière ne soit toute neuve ; mais vous savez, vous, que plus on a d'autorité, plus on a besoin de lumières.

À présent, monsieur, que les faits vous sont connus, nous pouvons raisonner. Ce serait un paradoxe bien étrange, dans un temps où l'expérience et le bon sens concourent à démontrer que toute entrave est nuisible au commerce, d'avancer qu'il n'y a que les privilèges qui puissent soutenir la librairie. Cependant rien n'est plus certain. Mais ne nous en laissons pas imposer par les mots.

Ce titre odieux qui consiste à conférer gratuitement à un seul un bénéfice auquel tous ont une égale et juste prétention, voilà le privilège abhorré par le bon citoyen et le ministre éclairé. Reste à savoir si le privilège du libraire est de cette nature. Mais vous avez vu par ce qui précède combien cette idée serait fausse : le libraire acquiert par un acte un manuscrit ; le ministère, par une permission, autorise la publication de ce manuscrit, et garantit à l'acquéreur la tranquillité de sa possession. Qu'est-ce qu'il y a en cela de contraire à l'intérêt général ? Que fait-on pour le libraire qu'on ne fasse pour tout autre citoyen ?

Je vous demande, monsieur, si celui qui a acheté une maison n'en a pas la propriété et la jouissance exclusive ? si, sous ce point de vue, tous les actes qui assurent à un particulier la possession fixe et constante d'un effet quel qu'il soit ne sont pas des privilèges exclusifs ?

si, sous prétexte que le possesseur est suffisamment dédommagé du premier prix de son acquisition, il serait licite de l'en dépouiller ? si cette spoliation ne serait pas l'acte le plus violent de la tyrannie ? si cet abus du pouvoir tendant à rendre toutes les fortunes chancelantes, toutes les hérédités incertaines, ne réduirait pas un peuple à la condition de serfs et ne remplirait pas un État de mauvais citoyens ? Car il est constant pour tout homme qui pense que celui qui n'a nulle propriété dans l'État, ou qui n'y a qu'une propriété précaire, n'en peut jamais être un bon citoyen. En effet, qu'est-ce qui l'attacherait à une glèbe plutôt qu'à une autre ?

Le préjugé vient de ce qu'on confond l'état de libraire, la communauté des libraires, la corporation avec le privilège et le privilège avec le titre de possession, toutes choses qui n'ont rien de commun, non, rien, monsieur ! Eh ! détruisez toutes les communautés, rendez à tous les citoyens la liberté d'appliquer leurs facultés selon leur goût et leur intérêt, abolissez tous les privilèges, ceux même de la librairie, j'y consens ; tout sera bien, tant que les lois sur les contrats de vente et d'acquisition subsisteront.

En Angleterre, il y a des marchands de livres et point de communauté de libraires ; il y a des livres imprimés et point de privilèges ; cependant le contrefacteur y est déshonoré comme un homme qui vole, et ce vol est poursuivi devant les tribunaux et puni par les lois. On contrefait en Écosse et en Irlande les livres imprimés en Angleterre ; mais il est inouï qu'on ait contrefait à Cambridge ou à Oxford les livres imprimés à Londres. C'est qu'on ne connaît point là la différence de l'achat d'un champ ou d'une maison à l'achat d'un manuscrit, et en effet il n'y en a point, si ce n'est peut-être en faveur de l'acquéreur d'un manuscrit. C'est ce que je vous ai déjà insinué plus haut, ce que les associés aux *Fables* de La Fontaine ont démontré dans leur mémoire, et je défie qu'on leur réponde.

En effet, quel est le bien qui puisse appartenir à un homme, si un ouvrage d'esprit, le fruit unique de son éducation, de ses études, de ses veilles, de son temps, de ses recherches, de ses observations, si les plus belles heures, les plus beaux moments de sa vie, si ses propres pensées, les sentiments de son cœur, la portion de lui-même la plus précieuse, celle qui ne périt point, celle qui l'immortalise, ne lui appartient pas ? Quelle comparaison entre l'homme, la substance même de l'homme, son âme, et le champ, le pré, l'arbre ou la vigne que la nature offrait dans le commencement également à tous, et que le particulier ne s'est approprié que par la culture, le premier moyen légitime de possession ? Qui est plus en droit que l'auteur de disposer de sa chose par don ou par vente ?

Or le droit du propriétaire est la vraie mesure du droit de l'acquéreur.

Si je laissais à mes enfants le privilège de mes ouvrages, qui oserait les en spolier ? Si, forcé par leurs besoins ou par les miens d'aliéner ce privilège, je substituais un autre propriétaire à ma place, qui pourrait, sans ébranler tous les principes de la justice, lui contester sa propriété ? Sans cela quelle serait la vile et misérable condition d'un littérateur ? Toujours en tutelle, on le traiterait comme un enfant imbécile dont la minorité ne cesse jamais. On sait bien que l'abeille ne fait pas le miel pour elle ; mais l'homme a-t-il le droit d'en user avec l'homme comme il en use avec l'insecte qui fait le miel ?

Je le répète, l'auteur est maître de son ouvrage, ou personne dans la société n'est maître de son bien. Le libraire le possède comme il était possédé par l'auteur ; il a le droit incontestable d'en tirer tel parti qui lui conviendra par des éditions réitérées ; il serait aussi insensé de l'en empêcher que de condamner un agriculteur à laisser son terrain en friche, ou un propriétaire de maison à laisser ses appartements vides.

Monsieur, le privilège n'est rien qu'une sauvegarde accordée par le souverain pour la conservation d'un bien dont la défense, dénuée de son autorité expresse, excéderait souvent la valeur. Étendre la notion du privilège de libraire au-delà de ses bornes, c'est se tromper, c'est méditer l'invasion la plus atroce, se jouer des conventions et des propriétés, léser iniquement les gens de lettres ou leurs héritiers ou leurs ayants cause, gratifier par une partialité tyrannique un citoyen aux dépens de son voisin, porter le trouble dans une infinité de familles tranquilles, ruiner ceux qui, sur la validité présumée d'après les règlements, ont accepté des effets de librairie dans des partages de succession, ou les forcer à rappeler à contribution leurs copartageants, justice qu'on ne pourrait leur refuser, puisqu'ils ont reçu ces biens sur l'autorité des lois qui en garantissaient la réalité ; opposer les enfants aux enfants, les père et mère aux père et mère, les créanciers aux cessionnaires, et imposer silence à toute justice.

Si une affaire de cette nature était portée au tribunal commun de la justice, si le libraire n'avait pas un supérieur absolu qui décide comme il lui plaît, quelle issue croyez-vous qu'elle aurait ?

Tandis que je vous écrivais, j'ai appris qu'il y avait sur cet objet un mémoire imprimé d'un de nos plus célèbres jurisconsultes ; c'est M. d'Hericourt. Je l'ai lu, et j'ai eu la satisfaction de voir que j'étais dans les mêmes principes que lui, et que nous en avions tiré l'un et l'autre les mêmes conséquences.

Il n'est pas douteux que le souverain qui peut abroger des lois, lorsque les circonstances les ont rendues nuisibles, ne puisse aussi, par des raisons d'État, refuser la continuation d'un privilège ; mais je ne pense pas qu'il y ait aucun cas imaginable où il ait le droit de la transférer ou de la partager.

C'est la nature du privilège de la librairie méconnue, c'est la limitation de sa durée, c'est le nom même de privilège qui a exposé ce titre à la prévention générale et bien fondée qu'on a contre tout autre *exclusif.*

S'il était question de réserver à un seul le droit inaliénable d'imprimer des livres en général, ou des livres sur une matière particulière, comme la théologie, la médecine, la jurisprudence ou l'histoire, ou des ouvrages sur un objet déterminé, tels que l'histoire d'un prince, le traité de l'œil, du foie, ou d'une autre maladie, la traduction d'un auteur spécifié, une science, un art, si ce droit était un acte de la volonté arbitraire du prince, sans aucun fondement légitime que son bon plaisir, sa puissance, sa force, ou la prédilection d'un mauvais père qui détournerait les yeux de dessus ses autres enfants pour les arrêter sur un seul, de tels privilèges seraient évidemment opposés au bien général, au progrès des connaissances et à l'industrie des commerçants.

Mais encore une fois, monsieur, ce n'est pas cela : il s'agit d'un manuscrit, d'un effet légitimement cédé, légitimement acquis, d'un ouvrage privilégié qui appartient à un seul acquéreur, qu'on ne peut transférer soit en totalité, soit en partie à un autre sans violence, et dont la propriété individuelle n'empêche point d'en composer et d'en publier à l'infini sur le même objet. Les privilégiés de l'*Histoire de France* de Mézeray n'ont jamais formé de prétention sur celles de Riencourt, de Marcel, du président Hénault, de Le Gendre, de Bossuet, de Daniel, de Velly. Les propriétaires du *Virgile* de Catrou laissent en paix les possesseurs du *Virgile* de La Landelle, de Lallemant et de l'abbé Desfontaines, et la jouissance permanente de ces effets n'a pas plus d'inconvénients que celle de deux prés ou de deux champs voisins assurée à deux particuliers différents.

On vous criera aux oreilles : « Les intérêts des particuliers ne sont rien en concurrence avec l'intérêt du tout. » Combien il est facile d'avancer une maxime générale que personne ne conteste ! mais qu'il est difficile et rare d'avoir toutes les connaissances de détail nécessaires pour en prévenir une fausse application !

Heureusement pour moi, monsieur, et pour vous, j'ai à peu près exercé la double profession d'auteur et de libraire, j'ai écrit et j'ai plusieurs fois imprimé pour mon compte, et je puis vous assurer, chemin faisant, que rien ne s'accorde plus mal que la vie active du commerçant et la vie sédentaire de l'homme de lettres, incapables que nous sommes d'une infinité de petits soins. Sur cent auteurs qui voudront débiter eux-mêmes leurs ouvrages, il y en a quatre-vingt-dix-neuf qui s'en trouveront mal et s'en dégoûteront. Le libraire peu scrupuleux croit que l'auteur court sur ses brisées. Lui qui jette les hauts cris quand on le contrefait, qui se tiendrait pour malhonnête homme s'il contrefaisait son confrère, se rappelle son état et ses charges que le littérateur ne partage point et finit par le contrefaire. Les correspondants des provinces nous pillent impunément ; le commerçant de la capitale n'est pas assez intéressé au débit de notre ouvrage pour le pousser. Si la remise qu'on lui accorde est forte, le profit de l'auteur s'évanouit ; et puis tenir des livres de recette et de dépense, répondre, échanger, recevoir, envoyer, quelles occupations pour un disciple d'Homère ou de Platon !

Aux connaissances de la librairie que je dois à ma propre expérience, j'ai réuni celles d'une longue habitude avec les libraires ; je les ai vus, je les ai écoutés, et quoique ces commerçants, ainsi que tous les autres, aient aussi leurs petits mystères, ils laissent échapper dans une occasion ce qu'ils retiennent dans une autre ; et vous pouvez attendre de moi, sinon des résultats rigoureux, du moins la sorte de précision qui vous est nécessaire ; il n'est pas question ici de partager un écu en deux.

Un particulier qui prend l'état de libraire, s'il a quelque bien, se hâte de le placer, dans l'acquisition de parts, en différents livres d'un débit courant.

L'intervalle moyen de l'édition d'un bon livre à une autre peut s'évaluer à dix ans.

Ses premiers fonds ainsi placés, s'il se présente une entreprise qui le séduise, il s'y livre ; alors il est obligé de recourir à un emprunt ou à la vente de la part d'un privilège dont il eût retrouvé, avant qu'on eût presque culbuté cet état, à peu près la première valeur. L'emprunt serait ruineux, il préfère la vente de la part d'un privilège, et il a raison.

Si son entreprise réussit, du produit il remplace l'effet qu'il a sacrifié, et il accroît son premier fonds, et du nouvel effet qu'il a acquis et de l'effet remplacé.

Ce fonds est la base de son commerce et de sa fortune, oui, monsieur, la base, c'est un mot qu'il ne faut pas oublier.

S'il échoue dans son entreprise, comme il arrive plusieurs fois contre une, ses avances sont perdues, il a un effet de moins et communément des dettes à acquitter ; mais il se renferme dans le fonds solide et courant qui lui reste, et sa ruine n'est pas absolue.

Je serais beaucoup moins étendu si je n'avais que la vérité à dire ; mais il faut que j'aille à chaque ligne au-devant des absurdités qu'on ne manque pas d'objecter, et une des plus fortes et des plus communes, c'est, dans l'évaluation des avantages et des désavantages d'une profession, de prendre pour exemples quelques individus rares et extraordinaires, tels, par exemple, que feu Durand, qui parviennent à force d'industrie et de travail à porter par la multitude incroyable des échanges et des correspondances le plus léger succès à un produit énorme, et à réduire à peu de chose ce qui serait pour un autre la plus énorme perte. Peu sont capables de cette activité ; beaucoup à qui elle serait ruineuse en leur imposant une tâche plus longue que le jour n'a d'heures de travail ; aucun n'en est récompensé qu'à la longue. Est-ce de là qu'il faut partir ? Non, monsieur, non. D'où donc, me direz-vous ? de la condition générale et commune, celle d'un débutant ordinaire, qui n'est ni pauvre ni riche, ni un aigle ni un imbécile. Ah, monsieur, on a bientôt compté les libraires qui sont sortis de ce commerce avec de l'opulence ; quant à ceux qu'on ne cite point, qui ont langui dans la rue Saint-Jacques ou sur le quai, qui ont vécu à l'aumône de la communauté et dont elle a payé la bière, soit dit sans offenser les auteurs, le nombre en est prodigieux.

Or, la condition générale et commune est telle que je viens de vous la représenter ; c'est celle du jeune commerçant dont la ressource, après une entreprise malheureuse, est toute en un reste de fonds solide, dans lequel il se renferme jusqu'à ce que, par des rentrées journalières, il se soit mis en état de risquer une seconde tentative. Si donc vous abolissez les privilèges, ou que par des atteintes réitérées vous les jetiez dans le discrédit, c'est fait de cette ressource ; plus d'économie dans cette sorte de commerce, plus d'espérance, plus de fonds solide, plus de crédit, plus de courage, plus d'entreprise. Arrangez les choses comme il vous plaira, ou vous transférerez sa propriété à un autre pour en jouir exclusivement, ou vous la remettrez dans la masse commune. Au premier cas, il est ruiné de fond en comble, par une spoliation absolue à laquelle je n'aperçois pas le moindre avantage pour le public ; car que nous importe que ce soit ou Paul ou Jean qui nous vende le *Corneille* ? Au second, il ne souffre guère moins par les suites d'une concurrence limitée ou illimitée. Ceci n'est pas clair pour vous, et il faut l'éclaircir. C'est, monsieur, qu'en général une édition par concurrence est plus onéreuse qu'utile, ce qu'un seul exemple vous prouvera de reste.

Je prends le *Dictionnaire de la Fable* et je suppose qu'on en débite un mille par an et que le privilégié en fasse une édition de six mille, sur laquelle il y ait profit de la moitié. Le libraire dira que ce profit est exagéré, il objectera les remises, les non-valeurs, la lenteur des rentrées ; mais laissons-le dire.

Si, tandis que l'ouvrage s'imprime à Paris, il se réimprime à Lyon, le temps de la vente de ces deux éditions sera de douze ans, et chaque libraire retirera à peine son argent au denier dix, le taux du commerce.

Si, dans cet intervalle, il se fait une troisième édition à Rouen, voilà la consommation de ces trois éditions renvoyée à dix-huit ans, et à vingt-quatre si l'ouvrage est encore réimprimé à Toulouse.

Supposez que les concurrents se multiplient à Bordeaux, à Orléans, à Dijon et dans vingt autres villes, et le *Dictionnaire de la Fable*, ouvrage profitable au propriétaire exclusif, tombe absolument en non-valeur et pour lui et pour les autres.

Mais, me direz-vous, je nie la possibilité de ces éditions et de ces concurrences multipliées ; elles se proportionneront toujours au besoin du public, au plus bas prix de la main-d'œuvre, au moindre profit du libraire, et par conséquent au plus grand avantage de l'acheteur, le seul que nous ayons à favoriser. Vous vous trompez, monsieur, elles se multiplieront à l'infini, car il n'y a rien qui puisse se faire à moins de frais qu'une mauvaise édition. Il y aura concurrence à qui fabriquera le plus mal, c'est un fait d'expérience. Les livres deviendront très communs, mais avant dix ans vous les aurez tous aussi misérables de caractères, de papier et de correction que la *Bibliothèque bleue*, moyen excellent pour ruiner en peu de temps trois ou quatre manufactures importantes. Et pourquoi Fournier fondrait-il les plus beaux caractères de l'Europe si on ne les employait plus ? Et pourquoi nos habitants de Limoges travailleraient-ils à perfectionner leurs papiers si on n'achetait plus que celui du *Messager boiteux* ? Et pourquoi nos imprimeurs payeraient-ils chèrement des protes instruits, de bons compositeurs et des pressiers habiles, si toute cette attention ne servait qu'à multiplier leurs frais sans accroître leur profit ? Ce qu'il y a de plus, c'est qu'à mesure que ces arts dépériront parmi nous, ils s'élèveront chez l'étranger, et qu'il ne tardera pas à nous fournir les seules bonnes éditions qui se feront de nos auteurs. C'est une fausse vue, monsieur, que de croire que le bon marché puisse jamais, en quelque genre que ce soit, mais surtout en celui-ci, soutenir de la mauvaise besogne. Cela n'arrive

chez un peuple que lorsqu'il est tombé dans la dernière misère; et quand il se trouverait au milieu de
cette dégradation quelques manufacturiers qui pense-
raient à fournir les gens de goût de belles éditions,
croyez-vous qu'ils le pussent au même prix? Et quand
ils le pourraient au même prix qu'aujourd'hui et que
l'étranger, quelle ressource leur avez-vous réservée
pour les avances? Ne nous en imposez pas, monsieur;
sans doute la concurrence excite l'émulation; mais
dans les affaires de commerce et d'intérêt, pour une
fois qu'elle excite l'émulation de bien faire, cent fois
c'est celle de faire à moins de frais; ce ressort n'agit
dans l'autre sens que sur quelques hommes singuliers,
enthousiastes de leur profession, qui sont attendus par
la gloire et par la misère qui ne les manquent jamais.

Il y a sans contredit dans cette question un terme
moyen, mais difficile à saisir, et que je crois que nos
prédécesseurs ont trouvé par un tâtonnement de plusieurs siècles; tâchons de ne pas tourner dans un
cercle vicieux, ramenés sans cesse aux mêmes remèdes
par les mêmes difficultés et les mêmes inconvénients.
Laissez faire le libraire, laissez faire l'auteur. Le temps
apprendra bien sans vous à celui-ci la valeur de son
effet; assurez seulement au premier son acquisition et
sa propriété, condition sans laquelle la production de
l'auteur perdra nécessairement de son juste prix. Et
surtout songez que, si vous avez besoin d'un habile

manufacturier, il faut des siècles pour le faire et qu'il ne faut qu'un instant pour le perdre.

Vous cherchez une balance qui force le libraire à bien travailler et à mettre à son travail une juste valeur, et vous ne voyez pas qu'elle est toute trouvée dans la concurrence de l'étranger. Je défie un libraire de Paris de hausser le prix d'un in-douze au-delà du surcroît des frais particuliers et des hasards de celui qui contre-fait clandestinement, ou de celui qui envoie de loin, sans qu'avant un mois nous n'en ayons une édition d'Amsterdam ou de province mieux faite que la sienne, à meilleur marché, et sans que vous puissiez jamais l'empêcher d'entrer.

Laissez donc là un progrès qui tournerait au dommage de votre commerçant le petit nombre de ses entreprises utiles. S'il est privé de rentrées promptes et sûres qui l'assistent au besoin, que fera-t-il? un emprunt? Mais il y a longtemps que l'état mesquin des libraires du royaume et le discrédit de leurs effets a annoncé que leur commerce est trop borné pour qu'ils puissent asseoir des rentes sur son profit. Si vous voulez connaître tout ce discrédit, faites un tour à la Bourse ou dans la rue Saint-Merri, où vous verrez tous les huit jours un de ces commerçants demander à la justice consulaire un délai de trois mois pour un billet de vingt écus; et quand le libraire se résoudrait à emprunter, quels coffres lui seront ouverts, surtout lorsque, par l'instabilité des privilèges et la concurrence générale, il sera démontré que le fonds de sa fortune n'a rien de réel, et qu'il peut aussi sûrement et aussi rapidement être réduit à la mendicité par un acte d'autorité que par l'incendie de son magasin ? Et puis, qui est-ce qui ne connaît pas l'incertitude de ses entreprises ?

Appuyons ces réflexions d'un fait actuel. Avant l'annonce de l'édition de Corneille par les Genevois, cet auteur avec le privilège se vendait à la chambre syndicale 50 sous ou 3 livres le volume ; depuis que des souscriptions de l'édition genevoise ont été distribuées sous les yeux des libraires, malgré leurs représentations et contre le privilège des propriétaires qui est expiré et dont on a refusé le renouvellement, le prix du même volume dans deux ventes consécutives est tombé à 12 sous, et dans une troisième du mois de septembre 1763, à 6 sous ; cependant les magasins des associés au *Corneille* sont pleins de deux éditions en grand et en petit in-douze.

Certainement on n'empêchera jamais l'étranger de contrefaire nos auteurs ; certainement il est à souhaiter que dans trente ans d'ici, M. de Voltaire nous donne des éditions de ses ouvrages ou des commentaires sur d'autres en quelque endroit du monde que ce soit ; certainement encore je loue le ministère d'en user avec les descendants du grand Corneille comme il en a usé avec les descendantes de l'inimitable La Fontaine : mais que ce soit, s'il se peut, sans spolier personne et sans nuire au bien général. Des souscriptions dont on devrait si rarement gratifier le régnicole, accordées à l'étranger ! et quand encore et contre qui ? Je ne saurais m'en taire… L'on ne spoliera personne, si l'on fait une bonne pension à Mlle Corneille, et si l'État achète des propriétaires les champs et les maisons de M. La Fontaine pour y loger celles qui sont encore illustrées de son nom ; et l'on veillera au bien général en fermant la porte à l'édition genevoise et laissant aux propriétaires des œuvres de Corneille le soin de nous procurer les notes de M. de Voltaire. Et pourquoi, monsieur, ces souscriptions si suspectes sont-elles devenues si communes ? C'est que le libraire est pauvre, ses avances considérables et son entreprise hasardeuse. Il propose une remise pour s'assurer quelque argent comptant et échapper à sa ruine.

Mais quand il serait assez riche pour tenter et achever une grande entreprise sans la ressource de ses entrées journalières, croit-on qu'il en hasarde jamais de quelque importance ? S'il échoue, son privilège ou la propriété d'un mauvais effet lui restera ; s'il a du succès, elle lui échappe au bout de six ans. Quel rapport y a-t-il, s'il vous plaît, entre son espérance et ses risques ? voulez-vous connaître précisément la valeur de sa chance ? Elle est comme le nombre de livres qui durent, au nombre de livres qui tombent, on ne peut ni la diminuer ni l'accroître ; c'est un jeu de hasard, si l'on en excepte les cas où la réputation de l'auteur, la singularité de la matière, la hardiesse ou la nouveauté, la prévention, la curiosité, assurent au commerçant au moins le retour de sa mise.

Une bévue que je vois commettre sans cesse à ceux qui se laissent mener par des maximes générales, c'est d'appliquer les principes d'une manufacture d'étoffe à l'édition d'un livre. Ils raisonnent comme si le libraire pouvait ne fabriquer qu'à proportion de son débit et qu'il n'eût de risques à courir que la bizarrerie du goût et le caprice de la mode ; ils oublient ou ignorent, ce qui pourrait bien être au moins, qu'il serait impossible de débiter un ouvrage à un prix raisonnable sans le tirer à un certain nombre. Ce qui reste d'une étoffe surannée dans les magasins de soieries a quelque valeur. Ce qui reste d'un mauvais ouvrage dans un magasin de librairie n'en a nulle. Ajoutez que, de compte fait, sur dix entreprises, il y en a une, et c'est beaucoup, qui réussit, quatre dont on recouvre ses frais à la longue, et cinq où l'on reste en perte.

J'en appellerai toujours à des faits, parce que vous n'avez pas plus de foi que moi à la parole du commerçant mystérieux et menteur, et que les faits ne mentent point. Quel fonds plus riche, plus ample et plus varié que celui de feu Durand? On le fait monter à 900 000 francs ; envoyez-en d'abord pour quatre cent cinquante mille livres à la rame, et doutez qu'il reste quelque chose à sa veuve et à ses enfants, lorsque la succession sera liquidée par le remboursement des créanciers.

Je sais qu'on proportionne à peu près la durée du privilège à la nature de l'ouvrage, aux avances du commerçant, aux hasards de l'entreprise, à son importance et au temps présumé de la consommation. Mais qui est-ce qui peut mettre dans un calcul précis tant d'éléments variables? Et combien de fois les magasins ne se trouvent-ils pas remplis à l'expiration du privilège?

Mais une considération qui mérite surtout d'être bien pesée, dans le cas où les ouvrages seraient abandonnés à une concurrence générale, c'est que l'honneur étant la portion la plus précieuse des émoluments de l'auteur; les éditions multipliées, la marque la plus infaillible du débit; le débit, le signe le plus sûr du goût et de l'approbation publique; si rien n'est si facile que de trouver un auteur vain et un commerçant avide, quelle multitude d'éditions ne s'exécuteront pas les unes sur les autres, surtout si l'ouvrage a quelque succès, éditions où toutes les précédentes seront sacrifiées à la dernière pour une addition légère, un trait ironique, une phrase ambiguë, une pensée hardie, une note singulière ? En conséquence, voilà trois ou quatre commerçants abîmés et immolés à un cinquième qui peut-être ne s'enrichira pas, ou qui ne s'enrichira qu'aux dépens de nous autres pauvres littérateurs, et vous savez bien, monsieur, que ce que j'avance n'est pas tout à fait mal fondé.

De là, que s'ensuivra-t-il ? que la partie la plus sensée des libraires laissera former des entreprises aux fous, que les privilèges dont on se hâtait de remplir des portefeuilles n'étant plus que des effets plus incertains que ceux de banque, on se contentera de garnir sa boutique ou son magasin de toutes les sortes originales ou contrefaites de la ville ou de la province, du royaume ou de l'étranger, et qu'on n'imprimera que comme on bâtit, à la dernière extrémité, convaincu qu'on sera, que plus on aurait acheté de manuscrits, plus on aurait dépensé pour les autres, moins on aurait acquis pour soi, et moins on laisserait à ses enfants.

En effet, n'y aurait-il pas de l'extravagance à courir les premiers hasards ? Ne serait-il pas plus adroit de demeurer à l'affût des succès et d'en profiter, surtout avec la certitude que le téméraire ne risquera point une édition nombreuse et qu'en partant après lui on pourra faire encore un profit très honnête, sans s'être exposé à aucune perte?

En certaines circonstances, il échappe au commerçant des propos qui décèlent particulièrement son esprit et que je retiens volontiers. Qu'on aille lui proposer un ouvrage de bonne main et de peu d'acheteurs, que dit-il? «Oui, les avances seront fortes et les rentrées difficiles, mais c'est un bon livre de fonds; avec deux ou trois effets tels que celui-là, on établit un enfant.» Eh! ne lui ôtons pas sa propriété et la dot de sa fille. Des fabricants sans fonds ne feront jamais bien valoir leurs fabriques, et des libraires sans privilèges seront des fabricants sans fonds. Je dis sans privilèges, parce que ce mot ne doit plus mal sonner à vos oreilles.

Si vous préférez une communauté où l'égale médiocrité de tous les membres rende une grande entreprise impossible à une communauté où la richesse soit également distribuée, faites rentrer les effets sans distinction dans une masse commune, j'y consens; mais attendez-vous à ce premier inconvénient et à bien d'autres, plus de crédit entre eux, plus de remises pour la province, affluence d'éditions étrangères, jamais une bonne édition; fonderie en caractères mauvaise; chute des papeteries, et imprimerie réduite aux factums, aux brochures et à tous ces papiers volants qui éclosent et meurent dans le jour. Voyez si c'est là ce que vous voulez ; pour moi, je vous avoue, monsieur, que ce tableau de la librairie me plaît moins que celui que je vous ai fait de ce commerce dans les temps qui ont suivi le règlement de 1665. Ce qui m'afflige, c'est que le mal une fois fait, il sera sans remède.

Mais avant que d'aller plus loin, car il me reste encore des choses sérieuses à vous dire, il faut que je vous prévienne contre un sophisme des gens à système. C'est que, ne connaissant que très superficiellement la nature des différents genres infinis du commerce, ils ne manqueront pas d'observer que la plupart des raisons que je vous apporte en faveur de celui de la librairie pourraient être employées avec la même force pour tous ceux qui ont des exclusifs à défendre, comme si tous les exclusifs étaient de la même sorte, comme si les circonstances étaient partout les mêmes ; ou comme si les circonstances pouvaient différer sans rien changer au fond ; et comme s'il n'arrivait pas que, dans les questions politiques, un motif qui paraît décisif en général ne soit réellement solide que dans quelques cas et même dans aucun. Exigez donc, monsieur, qu'on discute et qu'on n'enveloppe pas vaguement dans une même décision des espèces tout à fait diverses. Il ne s'agit pas de dire : « Tous les exclusifs sont mauvais », mais il s'agit de montrer que ce n'est pas la propriété qui constitue l'exclusif du libraire, et que quand cet exclusif serait fondé sur une acquisition réelle et sur un droit commun à toutes les acquisitions du monde, il est nuisible à l'intérêt général, et qu'il faut l'abolir malgré la propriété. Voilà le point de la difficulté. Demandez, je vous prie, ce que nous gagnerons à des translations arbitraires du bien d'un libraire à un autre libraire. Faites qu'on vous montre bien nettement qu'il nous importe que ce soit plutôt un tel qu'un tel qui imprime et débite un livre ; je ne demande pas mieux qu'on nous favorise. En attendant, ce qui se présente à moi, c'est qu'un possesseur actuel ne regardant sa jouissance que comme momentanée doit faire de son mieux pour lui, et de son pis pour nous ; car il est impossible que son intérêt et le nôtre soient le même ; ou, si cela était ainsi, les choses seraient au mieux et il n'y aurait rien à changer.

Mais permettez-vous, monsieur, qu'on vous dise à l'oreille les idées de quelques gens que vous appellerez rêveurs, méchants, bizarres, mauvais esprits, malintentionnés, comme il vous plaira ? Ces gens-là ne voyant dans ces innovations rien qui tende directement ni indirectement au bien général, y soupçonnent quelque motif caché d'intérêt particulier, et, pour trancher le mot, le projet d'envahir un jour tous les fonds de la librairie, et comme ce projet, ajoutent-ils, est d'une atrocité si révoltante qu'on n'ose le consommer tout d'un coup, on cherche de loin à y accoutumer peu à peu le commerçant et le public par des démarches colorées du sentiment le plus noble et le plus généreux, celui d'honorer la mémoire de nos auteurs illustres dans leur postérité malheureuse. « Regardez, continuent-ils, car ce sont toujours eux qui parlent, comment à côté de ce prétexte honnête, on place les raisons d'autorité et d'autres qu'on saura bien faire valoir toutes seules, lorsqu'on croira n'avoir plus de ménagements à garder. » Ces idées sinistres ne prendront jamais auprès de ceux qui connaissent comme moi la justice, le désintéressement, la noblesse d'âme de nos supérieurs, et qui portent à leurs fonctions et à leur caractère tout le respect qui leur est dû. Mais, monsieur, qui nous répondra de leurs successeurs ? S'ils trouvent toutes les choses préparées de loin à une invasion, quelle sûreté pouvons-nous avoir qu'ils ne s'y détermineront pas ? À votre avis, monsieur, le commerçant tranquille sur le moment présent, serait-il bien déraisonnable d'avoir quelque inquiétude pour l'avenir ?

D'autres ont imaginé que le plan était, à l'expiration successive des privilèges, de mettre pour condition à leur renouvellement la réimpression de certains ouvrages importants qui manquent et qui manqueront encore longtemps, des avances considérables que le commerçant n'est pas en état de faire, et la lenteur des rentrées, qu'il n'est guère en état d'attendre, le détournant de ces entreprises. Cette espèce d'imposition est de la nature de celles qu'il plaît au souverain d'asseoir sur tous les autres biens de ses sujets dans les besoins urgents de l'État ; je n'oserais la blâmer, et il y en a déjà quelques exemples ; mais elle ne peut jamais autoriser à la translation des propriétés. Si elle pouvait servir de prétexte un jour à cette iniquité, un magistrat prudent y renoncerait ; mais une attention nécessaire, c'est d'alléger cette tâche le plus qu'il est possible et de la proportionner avec scrupule à la valeur du privilège qu'on renouvelle ; et puis vous verrez qu'elle deviendra tôt ou tard le germe des vexations les plus inouïes. J'aimerais bien mieux qu'elle tombât sur des concessions de pure faveur, telles, par exemple, que les permissions tacites, les contrefaçons faites de l'étranger et autres objets de cette espèce.

Il y en a qui conjecturent, et ceux-ci font le plus grand nombre, que le dessein est de transformer tous les privilèges en permissions pures et simples, sans aucune clause d'exclusion, en sorte que, accordées en même temps à plusieurs à la fois, il en résulte vitalité dans l'exécution, concurrence dans le débit, et les éditions les plus belles au plus bas prix possible.

Mais premièrement, c'est traiter le privilège du libraire comme une grâce qu'on est libre de lui accorder ou de lui refuser, et oublier que ce n'est que la garantie d'une vraie propriété à laquelle on ne saurait toucher sans injustice. Et quel sera le produit de cette injustice ? Vous en allez juger, vous ramenant à des faits toutes les fois que je le peux ; c'est ma méthode, et je crois qu'elle vous convient.

Les auteurs classiques sont précisément, monsieur, dans le cas où l'on se proposerait de réduire tous les autres livres. Il n'y a pour ces ouvrages que ces sortes de permissions, et la concurrence libre et générale en a été perpétuelle même après les édits de 1649 et 1665, qui en faisaient les privilèges exclusifs et l'objet d'un fonds solide et propre à chaque pourvu. Eh bien ! monsieur, quelle émulation entre les commerçants, quel avantage pour le public ces permissions et ces concurrences ont-elles produit ? Entre les commerçants l'émulation de l'économie, comme je vous l'avais prédit ailleurs, c'est-à-dire la main d'œuvre la plus négligée, les plus mauvais papiers, et des caractères dont on n'a plus que ce misérable service à tirer avant que de les renvoyer à la fonte. Pour le public, l'habitude de mettre entre les mains de nos enfants des ouvrages qui ne fatiguent déjà que trop leur imbécillité par leurs épines, sans y ajouter des vices typographiques qui les arrêtent à chaque ligne.

Hélas ! les pauvres innocents, on les réprimande souvent pour des fautes dont il aurait fallu châtier l'imprimeur ou l'éditeur. Mais que dire à ceux-ci lorsque le mépris de l'institution de la jeunesse, qui se remarque parmi nous jusque dans les petites choses, ne veut que des maîtres à cent écus de gages et des livres à quatre sous ? Cependant, en répandant la dépense d'une pistole de plus sur un intervalle de sept à huit ans d'étude, les jeunes gens auraient des livres bien conditionnés et faits avec soin, et le magistrat serait autorisé à envoyer au pilon toutes ces éditions rebutantes pour les élèves et déshonorantes pour l'art. Des valets tout chamarrés de dorures et des enfants sans souliers et sans livres, nous voilà ! Nos voisins d'au-delà de la Manche l'entendent un peu mieux. J'ai vu les auteurs classiques à l'usage des collèges de Londres, de Cambridge, et d'Oxford, et je vous assure que les éditions dont nos savants se contentent ne sont ni plus belles ni plus exactes.

Je n'ignore pas que des imprimeurs de notre temps ont consacré des sommes considérables aux éditions des anciens auteurs ; mais je sais aussi que plusieurs s'y sont ruinés, et il faut attendre comment leurs imitateurs heureux ou téméraires s'en tireront.

Mais j'accorde, nonobstant l'expérience faite sur les livres classiques et la multitude des contrefaçons, que l'effet de la concurrence supplée à celui de la propriété et qu'on obtienne autant et plus de la permission libre et générale que du privilège exclusif; qu'en résultera-t-il? À peu près le bénéfice d'un cinquième. Et sur quels ouvrages? Sera-ce sur le *Coutumier général*? sur le *Journal des audiences*? sur les *Pères de l'Église*? sur les *Mémoires des académies*? sur les grands corps d'histoire? sur les entreprises qui demandent des avances de 100 000 francs, de 50 000 écus, et dont les éditions s'épuisent à peine dans l'espace de quarante à cinquante ans? Vous voyez bien que ce serait une folie de l'espérer. Ce ne sera donc pas l'ouvrage de dix à vingt pistoles que la permission libre et générale fera baisser. La concurrence et son effet ne tomberont que sur les petits auteurs, c'est-à-dire que le commerçant pauvre sera forcé de sacrifier son profit journalier à la promptitude du débit et n'en deviendra que plus pauvre, et que le libraire aisé, privé de ses rentrées courantes qui sont attachées aux sortes médiocres et nullement aux ouvrages de prix, cessera de publier ces derniers dont la rareté et la valeur iront toujours en croissant, et que pour m'épargner cinq sols, vous m'aurez constitué dans la dépense d'une pistole. Et puis, monsieur, toujours des faits à l'appui de mes raisons.

La dernière édition de la *Coutume de Normandie* de Basnage, qui appartient à la librairie de Rouen, a été faite en 1709, et manque depuis trente ans. Ce sont deux petits in-folio assez minces dont le premier prix a été de quarante francs au plus, et qu'on paye aujourd'hui dans les ventes depuis quatre-vingt jusqu'à quatre-vingt-dix livres. La *Coutume de Bourgogne* du président Bouhier, dont l'édition s'épuise et le prix augmente, parce qu'on sait bien que le libraire de Dijon ne se dispose pas à la réimprimer, se vendait originairement quarante-huit livres, et se porte maintenant dans les ventes depuis cinquante-quatre livres jusqu'à soixante livres.

La *Jurisprudence* de Ducase, volume in-quarto que le libraire de Toulouse a laissé manquer, et qu'on n'achetait d'abord que neuf livres, se paye aux ventes depuis quinze jusqu'à seize livres.

On n'en remporte pas non plus la *Coutume de Senlis*, volume in-quarto, à moins de seize à dix-huit livres.

La librairie de Paris, qui, malgré les difficultés qu'elle a trouvées dans le maintien des lois qui la soutenaient, n'a pas laissé tomber les livres nécessaires, et dont les presses nous ont fourni plus de vingt volumes in-folio, seulement de jurisprudence et depuis dix ans, préparait une édition nouvelle des *Ordonnances de Néron*, en quatre volumes in-folio. La collection des matériaux lui avait coûté plus de dix mille francs. Malgré ces avances, l'arrêt du Conseil prononcé en faveur des demoiselles La Fontaine l'a découragée, et elle a abandonné une entreprise dont elle aurait supporté tout le fardeau et dont le bénéfice s'en irait à d'autres, si l'on se croyait en droit de disposer d'un privilège et s'il n'y avait plus d'ouvrages dont la propriété fût assurée. Cependant cet auteur, qui ne forme actuellement que deux volumes in-folio, valait soixante francs avant le projet de la nouvelle édition, et il n'y a pas d'apparence que l'abandon prudent de ce projet le fasse baisser de prix.

Voilà, monsieur, le sort qu'auront tous les grands ouvrages à mesure qu'ils manqueront. Si je ne vous ai cité que de ceux qui sont à l'usage de la France, c'est que l'étranger, qui ne les réimprime pas, ne nous laissera pas manquer des autres en payant, et, quoique le mal soit général, c'est surtout dans les choses qui nous sont propres qu'il se fera sentir.

Un projet solide est celui qui assure à la société et aux particuliers un avantage réel et durable ; un projet spécieux est celui qui n'assure, soit à la société, soit aux particuliers, qu'un avantage momentané, et le magistrat imprudent est celui qui n'aperçoit pas les suites fâcheuses de ce dernier, et qui, trompé par l'appât séduisant de faire tomber de prix la chose manufacturée, soulage l'acheteur pour un instant et ruine le manufacturier et l'État.

Mais laissons là pour un moment le commerce du libraire et sa chose pour tourner les yeux sur la nôtre. Considérons le bien général sous un autre point de vue, et voyons quel sera l'effet ou de l'abolition des privilèges, ou de leurs translations arbitraires, ou des permissions libres sur la condition des littérateurs et par contrecoup sur celle des lettres. Entre les différentes causes qui ont concouru à nous tirer de la barbarie, il ne faut pas oublier l'invention de l'art typographique. Donc, décourager, abattre, avilir cet art, c'est travailler à nous y replonger et faire ligue avec la foule des ennemis de la connaissance humaine.

La propagation et les progrès de la lumière doivent aussi beaucoup à la protection constante des souverains, qui s'est manifestée en cent manières diverses, entre lesquelles il me semble qu'il y aurait ou bien de la prévention ou bien de l'ingratitude à passer sous silence les sages règlements qu'ils ont institués sur le commerce de la librairie, à mesure que les circonstances fâcheuses qui le troublaient les ont exigés.

Il ne faut pas un coup d'œil ou fort pénétrant ou fort attentif pour discerner entre ces règlements celui qui concerne les privilèges de librairie amenés successivement à n'être que la sauvegarde accordée par le ministère au légitime propriétaire contre l'avidité des usurpateurs toujours prêts à lui arracher le prix de son acquisition, le fruit de son industrie, la récompense de son courage, de son intelligence et de son travail.

Mais quelles que soient la bonté et la munificence d'un prince ami des lettres, elles ne peuvent guère s'étendre qu'aux talents connus. Or, combien de tentatives heureuses, malheureuses avant que de sortir de l'obscurité et d'avoir acquis cette célébrité qui attire les regards et les récompenses des souverains? Encore une fois, monsieur, il faut toujours considérer les choses d'origine, parce que c'est le sort commun des hommes de n'être rien avant que d'être quelque chose, et qu'il serait même à souhaiter que les honneurs et la fortune suivissent d'un pas égal les progrès du mérite et des services, quoique le début dans la carrière soit le temps important et difficile de la vie.

Un homme ne reconnaît son génie qu'à l'essai; l'aiglon tremble comme la jeune colombe au premier instant où il déploie ses ailes et se confie au vague de l'air. Un auteur fait un premier ouvrage, il n'en connaît pas la valeur ni le libraire non plus; si le libraire nous paye comme il veut, en revanche nous lui vendons ce qu'il nous plaît. C'est le succès qui instruit le commerçant et le littérateur; ou l'auteur s'est associé avec le commerçant, mauvais parti : il suppose trop de confiance d'un côté, trop de probité de l'autre; – ou il a cédé sans retour la propriété de son travail à un prix qui ne va pas loin, parce qu'il se fixe et doit se fixer sur l'incertitude de la réussite. Cependant, il faut avoir été à ma place, à la place d'un jeune homme qui recueille pour la première fois un modique tribut de quelques journées de méditation ; sa joie ne se comprend pas, ni l'émulation qu'il en reçoit. Si quelques applaudissements du public viennent se joindre à cet avantage, si quelques jours après son début il revoit son libraire et qu'il le trouve poli, honnête, affable, caressant, l'œil serein, qu'il est satisfait ! De ce moment son talent change de prix, et, je ne saurais le dissimuler, l'accroissement en valeur commerçante de sa seconde production n'a nul rapport avec la diminution du hasard ; il semble que les libraires, jaloux de conserver l'homme, calculent d'après d'autres éléments. Au troisième succès, tout est fini ; l'auteur fait peut-être encore un mauvais traité, mais il le fait à peu près tel qu'il veut. Il y a des hommes de lettres à qui leur travail a produit dix, vingt, trente, quatre-vingt, cent mille francs. Moi, qui ne jouis que d'une considération commune et qui ne suis pas âgé, je crois que le fruit de mes occupations littéraires irait bien à quarante mille écus. On ne s'enrichirait pas, mais on acquerrait de l'aisance si ces sommes n'étaient pas répandues sur un grand nombre d'années, ne s'évanouissaient pas à mesure qu'on les perçoit et n'étaient pas dissipées lorsque les années sont venues, les besoins accrus, les yeux éteints et l'esprit usé. Cependant, c'est un encouragement, et quel est le souverain assez riche pour y suppléer par ses libéralités ?

Mais ces traités n'ont quelque avantage pour l'auteur qu'en vertu des lois qui assurent au commerçant la possession tranquille et permanente des ouvrages qu'il acquiert. Abolissez ces lois, rendez la propriété de l'acquéreur incertaine, et cette police mal entendue retombera en partie sur l'auteur. Quel parti tirerai-je de mon ouvrage, surtout si ma réputation n'est pas faite, comme je le suppose, lorsque le libraire craindra qu'un concurrent, sans courir le hasard de l'essai de mon talent, sans risquer les avances d'une première édition, sans m'accorder aucun honoraire, ne jouisse incessamment, au bout de six ans, plus tôt s'il l'ose, de son acquisition ?

Les productions de l'esprit rendent déjà si peu ! Si elles rendent encore moins, qui est-ce qui voudra penser ? – Ceux que la nature y a condamnés par un instinct insurmontable qui leur fait braver la misère ? Mais ce nombre d'enthousiastes, heureux d'avoir le jour du pain et de l'eau, la nuit une lampe qui les éclaire, est-il bien grand ? est-ce au ministère à les réduire à ce sort ? S'il s'y résout, aura-t-il beaucoup de penseurs ? S'il n'a pas de penseurs, quelle différence y aura-t-il entre lui et un pâtre qui mène des bestiaux ?

Il y a peu de contrées en Europe où les lettres soient plus honorées, plus récompensées qu'en France. Le nombre des places destinées aux gens de lettres y est très grand ; heureux si c'était toujours le mérite qui y conduisît ! Mais, si je ne craignais d'être satirique, je dirais qu'il y en a où l'on exige plus scrupuleusement un habit de velours qu'un bon livre. Les productions littéraires ont été distinguées par le législateur des autres possessions ; la loi a pensé à en assurer la jouissance à l'auteur ; l'arrêt du 21 mars 1749 les déclare non saisissables. Que devient cette prérogative si les vues nouvelles prévalent ? Quoi ! un particulier aliène à perpétuité un fonds, une maison, un champ, il en prive ses héritiers, sans que l'autorité publique lui demande compte de sa conduite ; il en tire toute la valeur, se l'applique à lui-même comme il lui plaît, et un littérateur n'aura pas le même droit ? il s'adressera à la protection du souverain pour être maintenu dans la plus légitime des possessions ; et le roi, qui ne la refuse pas au moindre de ses sujets quand elle ne préjudicie à personne, la limitera à un certain intervalle de temps, à l'expiration duquel un ouvrage qui aura consumé son bien, sa santé, sa vie et qui sera compté au nombre des monuments de la nation, s'échappera de son héritage, de ses propres mains, pour devenir un effet commun ? et qui est-ce qui voudra languir dans l'indigence pendant les années les plus belles de sa vie et pâlir sur des livres à cette condition ? Quittons le cabinet, mes amis, brisons la plume et prenons les instruments des arts mécaniques, si le génie est sans honneur et sans liberté.

L'injustice se joint ici à une telle absurdité, que si je ne m'adressais à un homme qu'on obsède, qui ne doute point des projets qu'on a, à qui les sollicitations sont portées de la ville et de la province, je cesserais de traiter cette matière. Les autres croiront certainement que je me fais des fantômes pour le plaisir de les combattre.

Mais, direz-vous, lorsque vous avez aliéné votre ouvrage, que vous importe que le ministère prenne connaissance de vos intérêts négligés et vous venge d'un mauvais traité où l'adresse et l'avidité du commerçant vous ont surpris?… Si j'ai fait un mauvais traité, c'est mon affaire. Je n'ai point été contraint; j'ai subi le sort commun, et si ma condition est mauvaise, espérez-vous la rendre meilleure en me privant du droit d'aliéner et en anéantissant l'acte de ma cession entre les mains de mon acquéreur? Avez-vous prétendu que cet homme compterait la propriété pour rien? Et s'il y ajoute quelque valeur, ne diminuera-t-il pas mes honoraires en raison de cette valeur? Je ne sais à qui vous en voulez. Parlez de votre amour prétendu pour les lettres tant qu'il vous plaira, mais c'est sur elles que vous allez frapper.

Vous avez rappelé dans votre sein, par la douceur de votre administration, par vos récompenses, par des honneurs, par toutes les voies imaginables, les lettres que l'intolérance et la persécution avaient égarées ; craignez de les égarer une seconde fois. Votre ennemi fait des vœux pour que l'esprit de vertige s'empare de vous, que vous preniez une verge de fer et que vos imprudences multipliées lui envoient un petit nombre de lettrés qu'il vous envie. Ils iront, c'est moi qui vous en avertis, et bien plus fortement que moi les propositions avantageuses qu'on leur fait et qu'ils ont encore le courage de rejeter. Parce que les taureaux ont des cornes et qu'ils entrent quelquefois en fureur, serez-vous assez vils et assez bêtes pour ne vouloir plus commander qu'à des bœufs ? Vous n'avez pas de sens, vous ne savez ce que vous voulez.

Vous ajoutez que la perpétuité du privilège laissant le commerçant maître absolu du prix de son livre, il ne manquera pas d'abuser de cet avantage. Si votre commerçant ignore que son intérêt réel est dans la consommation rapide et dans la prompte rentrée de ses fonds, il est le plus imbécile des commerçants. D'ailleurs protégez les privilégiés tant qu'il vous plaira ; ajoutez des punitions infamantes aux peines pécuniaires portées par les règlements ; dressez même des gibets, et la cupidité du contrefacteur les bravera.

Je vous l'ai déjà dit et l'expérience avant moi, mais rien ne vous instruit. Je défie un libraire de porter un ouvrage au-delà d'un prix qui compense les hasards du contrefacteur et les dépenses de l'étranger, sans que, malgré toute sa vigilance appuyée de toute l'autorité du magistrat, il n'en paraisse trois ou quatre contrefaçons dans l'année. Rappelez-vous qu'il ne s'agit ici que d'ouvrages courants et qui ne demandent qu'un coup de main.

Je pourrais proposer au magistrat, à qui il est de règle de présenter le premier exemplaire d'un livre nouveau, d'en fixer lui-même le prix ; mais cette fixation, pour être équitable, suppose des connaissances de détail qu'il ne peut ni avoir, ni acquérir ; il est presque aussi sûr et plus court de s'en rapporter à l'esprit du commerce. J'ajouterai peut-être qu'entre ces sortes, les livres du plus haut prix ne sont pas aux privilégiés, mais je ne veux indisposer personne.

On dit encore : Lorsqu'un libraire a fait un lucre honnête sur un ouvrage, n'est-il pas juste qu'un autre en profite ? Et pourquoi n'en gratifierait-on pas celui qui l'a bien mérité par quelque grande entreprise ?

En vérité, je ne sais pourquoi je m'occupe à répondre sérieusement à des questions qui ne peuvent être suggérées que par la stupidité la plus singulière ou l'injustice la plus criante ; mais si ce n'est pas à la chose, c'est au nombre qu'il faut avoir égard.

1° L'imprimerie et la librairie ne sont pas de ces états de nécessité première auxquels on ne peut appliquer trop d'hommes. Si quatre cents libraires suffisent en France, il serait mal d'y en entretenir huit cents aux dépens d'un moindre nombre. Louis XIV a tenu pendant vingt ans la porte de cette communauté fermée. Il fixa le nombre des imprimeurs. Le monarque régnant, d'après les mêmes vues, a interrompu les apprentissages pendant trente autres années. Quelle raison a-t-on d'abandonner cette police ? Qu'on laisse les choses dans l'état où elles sont et qu'on n'aille pas dépouiller ceux qui ont placé leurs fonds dans ce commerce en leur donnant des associés, ou qu'en abolissant toutes les corporations à la fois, il soit libre à chacun d'appliquer ses talents et son industrie comme il y sera poussé par la nature et par l'intérêt ; qu'on s'en rapporte aux seuls besoins de la société, qui saura bien, sans que personne s'en mêle, dans quelque profession que ce soit, suppléer les bras nécessaires ou retrancher les superflus ; j'y consens, cela me convient à moi et à tous ceux à qui la moindre étincelle de la lumière présente est parvenue. Mais malheureusement il y a bien des conditions préliminaires à cet établissement ; j'aurai, si je ne me trompe, occasion d'en dire un mot à l'occasion de cette foule d'intrus qu'on protège sans réfléchir à ce qu'on fait.

2° Mais parce qu'un libraire aurait perçu, je ne dis pas un lucre honnête, mais un profit énorme d'une entreprise, serait-ce une raison pour l'en dépouiller ? Cela fait rire. C'est précisément comme si un citoyen qui n'aurait point de maison sollicitait celle de son voisin que cette propriété aurait suffisamment enrichi.

3° Pour évaluer les avantages d'un commerçant sur une entreprise qui lui succède, ne faut-il pas mettre en compte les pertes qu'il a faites sur dix autres qui ont manqué ? Mais comment connaître ces deux termes qu'il faut compenser l'un par l'autre ? C'est, monsieur, par la fortune des particuliers. Voilà la seule donnée et elle suffit. Or, je le dis, je le répète, et aucun d'eux ne m'en dédira, quelque contraire que cela soit à leur crédit : la communauté des libraires est une des plus misérables et des plus décriées, ce sont presque tous des gueux. Qu'on m'en cite une douzaine sur trois cent soixante qui aient deux habits, et je me charge de démontrer qu'il y en a quatre sut ces douze dont la richesse n'a rien de commun avec les privilèges.

4° Si vous croyez, monsieur, que ces privilèges tant enviés soient la propriété d'un seul, vous vous trompez ; il n'y en a presque point de quelque valeur qui ne soit commun à vingt ou vingt-cinq personnes, et il faut savoir quelle misère c'est quand il s'agit d'obtenir de chacun la quotité de dépense proportionnée à sa part dans les cas de réimpressions ; il y en a qui, hors d'état de la fournir, abandonnent à leurs associés leur inté-rêt, tantôt avant, tantôt après la réimpression. Un fait, monsieur, c'est que la compagnie des associés du *Racine* in-quarto, après dix ans, n'a pu se liquider avec l'imprimeur. C'est pourtant du *Racine* que je vous parle, oui, monsieur, du *Racine* ! Il ne se passe presque pas une année sans qu'il se vende quelques-unes de ces parts à la chambre. Que les promoteurs des nou-velles vues s'y rendent, qu'ils s'en fassent adjudicataires et qu'ils possèdent sans rapine et sans honte un bien qu'on n'enlèverait que de force aux propriétaires et dont ils ne se verraient point dépouillés sans douleur.

Et surtout qu'on ne me parle pas de la gratification d'un citoyen qu'on revêt de la dépouille d'un autre ; c'est profaner la langue de l'humanité et de la bien-faisance en la mettant sur les lèvres de la violence et de l'injustice. J'en appelle à tout homme de bien : s'il avait eu le bonheur de bien mériter de sa nation, souf-frirait-il qu'on reconnût ses services d'une manière aussi atroce ?

Je ne puis m'empêcher de porter ici la parole aux demoiselles de La Fontaine et de leur faire une pré-diction qui ne tardera pas à se vérifier. Elles ont ima-giné sans doute, sur le mérite de l'ouvrage de leur aïeul, que le ministère les avait gratifiées d'un présent important. Je leur annonce que, malgré toute la protection possible, elles seront contrefaites en cent endroits ; qu'à moins qu'elles ne l'emportent sur le manufacturier régnicole ou étranger par quelque édition merveilleuse et conséquemment d'un grand prix et d'un débit très étroit qui attire l'homme de luxe ou le littérateur curieux, le libraire de Paris et celui de province s'adresseront au contrefacteur, ne fût-ce que par ressentiment ; qu'un effet précieux dépérira entre leurs mains ; qu'elles chercheront à s'en défaire ; qu'on n'en voudra qu'à vil prix, parce qu'on ne comptera pas plus sur leur cession que sur celle de leur aïeul ; que cependant, comme il y a de la canaille dans tous les corps et qu'elle ne manque pas dans la librairie, il se trouvera un particulier sans honneur et sans fortune qui se déterminera à acquérir d'elles, et que cet homme, haï et perdu, n'aura jamais la jouissance paisible et lucrative de sa possession.

Cependant, continuez-vous, il y a de votre aveu des ouvrages importants qui manquent et dont nous avons besoin ; comment en obtiendrons-nous les réimpressions ?

Comment ? Je ne balance pas à vous le dire ; en raffermissant les privilèges assemblés, en maintenant les lois de cette propriété. Poursuivez sévèrement les contrefacteurs, portez-vous avec un front terrible dans les cavernes de ces voleurs clandestins. Puisque vous tirez des subsides considérables des corporations, et que vous n'avez ni la force ni le moyen de les anéantir ; puisque vous avez assez de justice pour sentir qu'en les privant des droits que vous leur avez accordés, il ne faut pas les laisser sous le poids des dettes qu'elles ont contractées dans vos besoins urgents ; puisque vous n'êtes pas en état de payer ces dettes, puisque vous continuez à leur vendre votre pernicieuse faveur, soutenez-les du moins de toute votre force, jusqu'à ce que vous ayez dans vos coffres de quoi les dissoudre. Sévissez contre des intrus qui s'immiscent de leur commerce et qui leur enlèvent leurs avantages sans partager leurs charges ; que ces intrus n'obtiennent point vos privilèges ; que les maisons royales ne leur servent plus d'asile ; qu'ils ne puissent introduire ni dans la capitale ni dans les provinces des éditions contrefaites ; remédiez sérieusement à ces abus et vous trouverez des compagnies prêtes à seconder vos vues. N'attendez rien d'important de vos protégés subalternes ; mais rien, je vous le dis, et moins encore d'un commerçant qui luttera contre l'indigence et à qui vous imposeriez vainement un fardeau supérieur à ses forces. C'est une terre effritée à laquelle vous demandez du fruit en la sevrant de ses engrais ordinaires. Que diriez-vous, monsieur, d'un marchand qui vous vendrait chèrement, et qui entretiendrait encore à sa porte un voleur pour vous dépouiller au sortir de chez lui? c'est ce que vous faites.

Notre position, me direz-vous, est embarrassante… Je le sais. Mais c'est vous-même qui vous y êtes mis par mauvaise politique, c'est votre indigence qui vous y retient. Il ne faut pas châtier l'innocent des fautes que vous avez faites et m'arracher d'une main ce que vous continuez de me vendre de l'autre. Mais, encore une fois, l'abolissement des corporations, quand vous en seriez le maître demain, n'a rien de commun avec les privilèges. Ce sont des objets si confondus dans votre esprit que vous avez peine à les séparer. Quand il serait libre à tout le monde d'ouvrir boutique dans la rue Saint-Jacques, l'acquéreur d'un manuscrit n'en serait pas moins un vrai propriétaire, en cette qualité, un citoyen sous la sauvegarde des lois, et le contrefacteur un voleur à poursuivre selon toute leur sévérité.

Plus l'état actuel de l'imprimerie et de la librairie serait exposé avec vérité, moins il paraîtrait vraisemblable. Permettez, monsieur, que je vous suppose un moment imprimeur ou libraire. Si vous vous êtes procuré un manuscrit à grands frais, si vous en avez sollicité le privilège, qu'on vous l'a accordé, que vous ayez mis un argent considérable à votre édition, rien épargné, ni pour la beauté du papier, ni pour celle des caractères, ni pour la correction, et qu'au moment où vous paraîtrez, vous soyez contrefait et qu'un homme à qui la copie n'a rien coûté vienne débiter sous vos yeux votre propre ouvrage en petits caractères et en mauvais papier, que penserez-vous ? que direz-vous ?

Mais s'il arrive que ce voleur passe pour un honnête homme et pour un bon citoyen, si ses supérieurs l'exhortent à continuer ; si, autorisé par les règlements à le poursuivre, vous êtes croisé par les magistrats de sa ville ; s'il vous est impossible d'en obtenir aucune justice ; si les contrefaçons étrangères se joignent à celles du royaume ; si un libraire de Liège écrit impudemment à des libraires de Paris qu'il va publier le *Spectacle de la nature,* qui vous appartient, ou quelques-uns des *Dictionnaires portatifs,* dont vous aurez payé le privilège une somme immense, et que pour en faciliter le débit il y mette votre nom ; s'il s'offre à les envoyer, s'il se charge de les rendre où l'on jugera à propos, à la porte de votre voisin sans passer à la chambre syndicale, s'il tient parole, si ces livres arrivent, si vous recourez au magistrat et qu'il vous tourne le dos, ne serez-vous pas consterné, découragé, et ne prendrez-vous pas le parti ou de rester oisif, ou de voler comme les autres ?

Et si dans ce découragement où vous seriez tombé vous-même à la place du commerçant, il arrivait, monsieur, que quelque innovation mal entendue, suggérée par un cerveau creux et adoptée par un magistrat à tête étroite et bornée, se joignît aux dégoûts que l'imprimerie, la librairie et les lettres ont déjà soufferts, et les bannît de la France, voilà vos doreurs, vos relieurs, vos papetiers et d'autres professions liées à celle-ci ruinées. C'est fait de la vente de vos peaux, matières premières que l'étranger saura bien tirer du royaume, lorsque le prix en sera baissé, et vous renvoyer toutes fabriquées, comme il a déjà commencé de faire. Ces suites ne vous paraissent-elles pas inévitables lorsque vos imprimeurs et vos libraires, hors d'état de soutenir leur commerce et leurs manufactures, en seront réduits aux petits profits de la commission?

Et ne vous flattez pas, monsieur, que le mal soit fort éloigné! Déjà la Suisse, Avignon et les Pays-Bas, qui n'ont point de copie à payer et qui fabriquent à moins de frais que vous, se sont approprié des ouvrages qui n'auraient dû être et qui n'avaient jamais été imprimés qu'ici.

Avignon surtout, qui n'avait, il y a dix ans, que deux imprimeries languissantes, en a maintenant trente très occupées. Est-ce qu'on écrit à Avignon? Cette contrée s'est-elle policée? Y a-t-il des auteurs, des gens de lettres? Non, monsieur; c'est un peuple tout aussi ignorant, tout aussi hébété qu'autrefois; mais il profite de l'inobservation des règlements et inonde de ses contrefaçons nos provinces méridionales. Ce fait n'est point ignoré. S'en alarme-t-on ? Aucunement. Est-ce qu'on s'alarme de rien ? Mais il y a pis ; vos libraires de Paris, monsieur, oui, vos libraires de Paris, privés de cette branche de commerce, soit lâcheté, soit misère, ou toutes les deux, prennent partie de ces éditions. Quant à ceux de province, hélas ! c'est presque inutilement qu'on ouvrirait aujourd'hui des yeux qu'on a tenus si longtemps fermés sur leurs contraventions ; ils ne se donnent plus la peine de contrefaire. Ce vol ne leur est plus assez avantageux, ils suivent l'exemple de la capitale et acceptent les contrefaçons étrangères.

Et ne croyez pas que j'exagère. Un homme que je ne nommerai pas, par égard pour son état et pour son mérite personnel, avait conseillé aux imprimeurs de Lyon de contrefaire l'*Histoire ecclésiastique* de Racine, en quatorze volumes in-douze ; il oubliait en ce moment qu'il en avait coûté aux propriétaires et privilégiés des sommes considérables pour le manuscrit et d'autres sommes considérables pour l'impression. Le contre-facteur, avec moins de conscience, n'était pas fait pour avoir plus de mémoire. Cependant la contrefaçon et le vol conseillé n'ont pas eu lieu. Une édition d'Avignon a arrêté tout court le libraire de Lyon, qui s'en applaudit, parce qu'il a mieux trouvé son compte à prendre partie de la contrefaçon étrangère.

Encore un moment de persécution et de désordre, et chaque libraire se pourvoira au loin, selon son débit. Ne s'exposant plus à perdre les avances de sa manufacture, que peut-il faire de plus prudent? Mais l'État s'appauvrira par la perte des ouvriers et la chute des matières que votre sol produit, et vous enverrez hors de vos contrées l'or et l'argent que votre sol ne produit pas.

Mais, monsieur, vous êtes-vous jamais informé de la nature des échanges du libraire français avec le libraire étranger? Ce ne sont, le plus souvent, que de mauvais livres qu'on donne pour d'aussi mauvais qu'on reçoit, des maculatures qui circulent dix fois de magasins en magasins avant que d'arriver à leur vraie destination, et cela après des frais énormes de port et de voiture, qui ne rentrent plus. Loin donc de songer à étendre la concurrence, il serait peut-être mieux de porter l'exclusif jusqu'aux ouvrages imprimés pour la première fois chez l'étranger. Je dis peut-être et je dirais sûrement, s'il était possible d'obtenir la même justice pour lui; mais il n'y faut pas penser. Les commerçants d'une nation sont et seront toujours en état de guerre avec les commerçants d'une autre. L'unique ressource est donc de fermer l'entrée à leurs éditions, d'accorder des privilèges pour leurs ouvrages au premier occupant, ou, si l'on aime mieux, de les traiter comme les manuscrits des auteurs anciens, dont on ne paye point d'honoraires et qui sont de droit commun, et d'imiter leur célérité à nous contrefaire. Voilà pour les livres qui ne contiennent rien de contraire à nos principes, à nos mœurs, à notre gouvernement, à notre culte, à nos usages. Quant aux autres, permettez que je renvoie mon avis à quelques lignes plus bas, où je vous parlerai des permissions tacites.

J'ai entendu dire : « Mais, puisqu'on ne peut empêcher l'étranger de nous contrefaire, pourquoi ne pas autoriser le régnicole ? Volés pour volés, il vaut encore mieux que nos propriétaires le soient par un Français, leur voisin, que par un Hollandais. »

Non, monsieur, cela ne vaut pas mieux ; par quelque considération que ce soit, il ne faut encourager, au mépris des mœurs et des lois, les concitoyens à se piller les uns les autres. Mais, encore une fois, faites de votre mieux par l'exécution stricte des règlements pour fermer l'entrée à toute contrefaçon étrangère. Que le Hollandais, le Genevois ou l'Avignonnais perde plus par la saisie d'une édition interceptée qu'il ne peut gagner sur dix qui passeront en fraude. Multipliez ses hasards comme vous le devez, soutenez votre légitime commerçant de toute votre autorité et abandonnez le reste à sa vigilance et à son industrie. Aussitôt que son édition sera prête à paraître, ne doutez pas que ses correspondants n'en soient informés aux deux extrémités du royaume ; que la plus grande partie de son édition ne soit placée ; que ce correspondant, pressé de jouir de notre impatience, incertain qu'il puisse se pourvoir au loin, et presque sûr d'être saisi et châtié s'il vend une édition contrefaite, n'accepte le papier manufacturé du libraire de la capitale, et que le commerçant étranger n'envoie que bien rarement dans nos provinces une marchandise dont elles seront fournies.

Mais si nous ne prenons pas ses livres, il ne prendra pas les nôtres… Et vous ne pensez pas que c'est votre bien qu'il vous envoie ; il n'a rien qui soit à lui, il produit à peine une malheureuse brochure dans une année.

Voilà, monsieur, ce que j'avais à vous dire des privilèges de la librairie ; je peux m'être trompé en quelques points, mais de peu d'importance ; avoir donné à certaines raisons plus de poids qu'elles n'en ont ; n'être pas encore assez profondément initié dans la profession pour atteindre à une juste évaluation des avantages et des désavantages ; mais je suis sûr de ma sincérité, sinon de mes lumières. Je n'ai ni dans cette affaire ni dans aucune autre de ma vie consulté mon intérêt particulier aux dépens de l'intérêt général ; aussi ai-je la réputation d'homme de bien, et ne suis pas fort riche.

D'où je conclus, pour terminer ce point que j'ai traité le plus au long parce qu'il m'a semblé le plus important :

1° que les lois établies successivement depuis deux siècles, en connaissance de cause, inspirées par des inconvénients très réels que je vous ai exposés à mesure qu'ils y donnaient lieu, maintenues en partie sous un règne par l'autorité de Louis XIII, du cardinal de Richelieu et de ses successeurs au ministère, devenues générales sous le règne suivant par l'autorité de Louis XIV, du chancelier Séguier et de Colbert, lois dont vous devez connaître à présent toute la nécessité, si vous voulez conserver quelque splendeur à votre librairie, à votre imprimerie et à votre littérature, soient à jamais raffermies ;

2° que, conformément aux lettres patentes du 20 décembre 1649, 27 janvier 1665 et aux différents arrêts donnés en conséquence par Louis XIV et le souverain régnant, spécialement au règlement du 28 février, articles premier et suivants, les privilèges soient regardés comme de pures et simples sauvegardes ; les ouvrages acquis comme des propriétés inattaquables, et leurs impressions et réimpressions continuées exclusivement à ceux qui les ont acquises, à moins qu'il n'y ait dans l'ouvrage même une clause dérogatoire ;

3° que la translation ou le partage ne s'en fassent jamais que dans le cas unique où le légitime possesseur le laisserait librement et sciemment en non-valeur ;

4° que ces privilèges et les permissions continuent à être portés sur le registre de la chambre syndicale de Paris ;

5° que le syndic soit autorisé comme de raison à suspendre l'enregistrement, quand il y sera fait opposition, ou qu'il connaîtra que le privilège présenté préjudicie aux droits d'un tiers, et ce jusqu'à la décision du chancelier ;

6° que les livres étrangers susceptibles de privilèges et d'autorisation publique appartiennent au premier occupant comme un bien propre, ou soient déclarés de droit commun, comme on le jugera plus raisonnable ;

7° que les lois sur l'entrée de ces livres dans le royaume, et notamment l'article 92 du règlement de 1723, soient rigoureusement exécutés, et qu'il n'en passe aucun qui ne soit déchargé dans les chambres syndicales, où les ballots doivent s'arrêter ;

8° qu'il soit pris à l'avenir toutes les précautions convenables pour que ces ballots ne soient pas divertis frauduleusement, comme il est arrivé par le passé ;

9° que, quant au commerce de la librairie d'Avignon, contre lequel on n'a point encore imaginé de moyens suffisants, il soit défendu de sortir aucuns livres du Comtat, sans un acquit-à-caution pris aux Fermes du roi, d'où il serait envoyé toutes les semaines au chancelier un état et catalogue des livres contenus dans les ballots ; que ces acquits soient visés au bureau de Noues pour être déchargés à Aix après la visite des syndics et adjoints, ou au bureau de Tulette pour être déchargés à Valence par l'imprimeur des Fermes, assisté d'un premier commis ; ou au bureau de Villeneuve pour être déchargés à Lyon ou à Montpellier, suivant leurs différentes destinations, après la visite des syndics et adjoints ; que tous les ballots qui arriveront d'Avignon dans le royaume par d'autres voies ou sans un acquit-à-caution, visé comme il est dit, soient saisissables par un inspecteur ambulant sur la frontière, préposé par les Fermes, commis à cet effet, et chargé d'envoyer au chancelier l'état de ces livres saisis pour recevoir les ordres du magistrat, et les exécuter conformément aux règlements ; que sur cet état les syndics et adjoints de la communauté de Paris soient appelés pour, sur leurs observations, statuer ce que de raison, etc., etc.

Il me semble, monsieur, que ces demandes sont également fondées sur la justice, les lois et le bien public, et que le seul moyen d'arrêter la ruine entière de cette communauté et de rallumer quelque émulation dans des commerçants que découragent l'inutilité de leurs efforts et les pertes journalières qu'ils essuient dans des entreprises qui leur avaient été lucratives et qui le redeviendront lorsque les règlements seront tenus en vigueur, est d'y faire droit, surtout si vous acquiescez à ce que je vais vous dire des permissions tacites.

Cet article est un peu plus délicat que le précédent ; toutefois je vais m'en expliquer librement ; vous laisserez là mon expression lorsqu'elle vous paraîtra outrée ou trop crue et vous vous arrêterez à la chose. Je vous dirai d'abord, monsieur : les vrais livres illicites, prohibés, pernicieux, pour un magistrat qui voit juste, qui n'est pas préoccupé de petites idées fausses et pusillanimes et qui s'en tient à l'expérience, ce sont les livres qu'on imprime ailleurs que dans notre pays et que nous achetons de l'étranger, tandis que nous pourrions les prendre chez nos manufacturiers, et il n'y en a point d'autres. Si l'on met entre l'autorisation authentique et publique et la permission tacite d'autres distinctions que celles de la décence qui ne permet pas qu'on attaque avec le privilège du roi ce que le roi et la loi veulent qu'on respecte, on n'y entend rien, mais rien du tout ; et celui qui s'effarouche de ce début ne doit pas aller plus loin ; cet homme n'est fait ni pour la magistrature ni pour mes idées. Mais si vous avez, monsieur, l'âme ferme que je vous crois et que vous m'écoutiez paisiblement, mon avis sera bientôt le vôtre ; et vous prononcerez comme moi qu'il est presque impossible d'imaginer une supposition d'un cas où il faille refuser une permission tacite ; car on n'aura certainement pas le front de s'adresser à vous pour ces productions infâmes dont les auteurs et les imprimeurs ne trouvent pas assez profondes les ténèbres où ils sont forcés de se réfugier, et qu'on ne publierait en aucun lieu du monde, ni à Paris, ni à Londres, ni à Amsterdam, ni à Constantinople, ni à Pékin, sans être poursuivi par la vengeance publique, et dont tout honnête homme rougit de prononcer le titre.

La permission tacite, me direz-vous, n'est-elle pas une infraction de la loi générale qui défend de rien publier sans approbation expresse et sans autorité ? Cela se peut, mais l'intérêt de la société exige cette infraction, et vous vous y résoudrez parce que toute votre rigidité sur ce point n'empêchera point le mal que vous craignez, et qu'elle vous ôterait le moyen de compenser ce mal par un bien qui dépend de vous.

Quoi ! je permettrai l'impression, la distribution d'un ouvrage évidemment contraire à un culte national que je crois et que je respecte, et je consentirai le moins du monde qu'on insulte à Celui que j'adore, en la présence duquel je baisse mon front tous les jours, qui me voit, qui m'entend, qui me jugera, qui me remettra sous les yeux cet ouvrage même… Oui, vous y consentirez ; eh ! ce Dieu a bien consenti qu'il se fit, qu'il s'imprimât, il est venu parmi les hommes et il s'est laissé crucifier pour les hommes. Moi qui regarde les mœurs comme le fondement le plus sûr, peut-être le seul, du bonheur d'un peuple, le garant le plus évident de sa durée, je souffrirai qu'on répande des principes qui les attaquent, qui les flétrissent. – Vous le souffrirez. – J'abandonnerai à la discussion téméraire d'un fanatique, d'un enthousiaste, nos usages, nos lois, notre gouvernement, les objets de la terre les plus sacrés, la sécurité de mon souverain, le repos de mes concitoyens. – Cela est dur, j'en conviens, mais vous en viendrez là, oui, vous en viendrez là tôt ou tard, avec le regret de ne l'avoir pas osé plus tôt.

Il ne s'agit pas ici, monsieur, de ce qui serait le mieux, il n'est pas question de ce que nous désirons tous les deux, mais de ce que vous pouvez, et nous disons l'un et l'autre du plus profond de notre âme : « Périssent, périssent à jamais les ouvrages qui tendent à rendre l'homme abruti, furieux, pervers, corrompu, méchant ! » Mais pouvez-vous empêcher qu'on écrive ? – Non. – Eh bien ! vous ne pouvez pas plus empêcher qu'un écrit ne s'imprime et ne devienne en peu de temps aussi commun et beaucoup plus recherché, vendu, lu, que si vous l'aviez tacitement permis.

Bordez, monsieur, toutes vos frontières de soldats, armez-les de baïonnettes pour repousser tous les livres dangereux qui se présenteront, et ces livres, pardonnez-moi l'expression, passeront entre leurs jambes et sauteront par-dessus leurs têtes et nous parviendront.

Citez-moi, je vous prie, un de ces ouvrages dangereux, proscrit, qui, imprimé clandestinement chez l'étranger ou dans le royaume, n'ait été, en moins de quatre mois, aussi commun qu'un livre privilégié ? Quel livre plus contraire aux bonnes mœurs, à la religion, aux idées reçues de philosophie et d'administration, en un mot à tous les préjugés vulgaires, et par conséquent plus dangereux que les *Lettres persanes* ? Que nous reste-t-il à faire de pis ? Cependant, il y a cent éditions des *Lettres persanes* et il n'y a pas un écolier des Quatre Nations qui n'en trouve un exemplaire sur le quai pour ses douze sous. Qui est-ce qui n'a pas son *Juvénal* ou son *Pétrone* traduits ? Les réimpressions du *Décaméron* de Boccace, des *Contes* de La Fontaine, des romans de Crébillon, ne sauraient se compter. Dans quelle bibliothèque publique ou particulière ne se trouvent pas les *Pensées sur la comète*, tout ce que Bayle a écrit, *L'Esprit des lois*, le livre de *L'Esprit*, l'*Histoire des finances*, l'*Émile* de Rousseau, son *Héloïse*, son *Traité de l'inégalité des conditions*, et cent mille autres que je pourrais nommer ?

Est-ce que nos compositeurs français n'auraient pas aussi bien imprimé au bas de la première page : *Chez Merkus, à Amsterdam*, que l'ouvrier de Merkus ?

La police a mis en œuvre toutes ses machines, toute sa prudence, toute son autorité pour étouffer le *Despotisme oriental* de feu Boulanger et nous priver de la *Lettre de Jean-Jacques à l'archevêque de Paris*. Je ne connais pas une seconde édition du *Mandement de l'archevêque*; mais je connais cinq ou six éditions de l'un et l'autre ouvrage, et la province nous les envoie pour trente sous.

Le *Contrat social*, imprimé et réimprimé, s'est distribué pour un petit écu sous le vestibule du palais même du souverain.

Qu'est-ce que cela signifie? C'est que nous n'en avons ni plus ni moins ces ouvrages; mais que nous avons payé à l'étranger le prix d'une main-d'œuvre qu'un magistrat indulgent et meilleur politique nous aurait épargné, et que nous avons été abandonnés à des colporteurs qui, profitant d'une curiosité doublée, triplée par la défense, nous ont vendu bien chèrement le péril réel ou prétendu qu'ils couraient à la satisfaire.

Entre les productions qui ne comportent que la permission tacite, il en faut distinguer de deux sortes : les unes d'auteurs étrangers et déjà publiées hors du royaume, les autres d'auteurs régnicoles, manuscrites ou publiées sous titre étranger.

Si l'auteur est un citoyen et que son ouvrage soit manuscrit, accueillez-le, profitez de la confiance qu'il vous montre en vous présentant un ouvrage dont il connaît mieux que vous la hardiesse, pour l'amener à la suppression totale par le respect qu'il doit aux usages de son pays et la considération de son propre repos, ou du moins à une forme plus modérée, plus circonspecte, plus sage. Il n'y a presque rien que vous ne puissiez obtenir du désir qu'il aura de faire imprimer à côté de lui, de relire ses épreuves, de se corriger, et de la commodité qu'il trouvera sous votre indulgente protection de s'adresser à un commerçant qui lui fasse un parti honnête. C'est ainsi que vous concilierez autant qu'il est en vous deux choses trop opposées pour se proposer de les accorder parfaitement, vos opérations particulières et le bien public.

Si l'auteur, comme il peut arriver, ne veut rien sacrifier, s'il persiste à laisser son ouvrage tel qu'il l'a fait, renvoyez-le et l'oubliez, mais d'un oubli très réel. Songez qu'après une menace ou le moindre acte d'autorité, vous n'en reverrez plus ; l'on négligera l'intérêt pour un temps et les productions s'en iront droit chez l'étranger, où les auteurs ne tarderont pas à se rendre.

– Eh bien ! tant mieux, direz-vous, qu'ils s'en aillent.
– En parlant ainsi vous ne pensez guère à ce que vous
dites ; vous perdrez les hommes que vous aviez, vous
n'en aurez pas moins leurs productions, vous les aurez
plus hardies, et si vous regardez ces productions
comme une source de corruption, vous serez pauvres
et abrutis et n'en serez pas moins corrompus. – Le
siècle devient aussi trop éclairé. – Ce n'est pas cela,
c'est vous qui ne l'êtes pas assez pour votre siècle.
– Nous n'aimons pas ceux qui raisonnent. – C'est que
vous redoutez la raison.

Si l'ouvrage a paru, soit dans le royaume, soit chez
l'étranger, gardez-vous bien de le mutiler d'une ligne ;
ces mutilations ne remédient à rien, elles sont recon-
nues dans un moment, on appelle une des éditions la
bonne et l'autre la mauvaise, on méprise celle-ci, elle
reste, et la première, qui est communément l'étrangère, n'en est que plus recherchée ; pour quatre mots
qui vous ont choqué et que nous lisons malgré vous,
voilà votre manufacturier ruiné, et son concurrent
étranger enrichi.

S'il n'y a point de milieu, comme l'expérience de
tous les temps doit vous l'avoir appris, qu'un ouvrage
quel qu'il soit sorte de vos manufactures ou qu'il passe
à l'étranger et que vous l'achetiez de lui tout manufacturé, n'ayant rien à gagner d'un côté, l'intérêt du

commerce à blesser de l'autre, autorisez donc votre manufacturier, ne fût-ce que pour sauver votre autorité du mépris et vos lois de l'infraction, car votre autorité sera méprisée et vos lois enfreintes, n'en doutez pas, toutes les fois que les hasards seront à peu près compensés par le profit, et il faut que cela soit toujours. Nous avons vu votre sévérité porter en vingt-quatre heures le prix d'un in-douze de trente-six sous à deux louis ; je vous prouverais qu'en cent occasions l'homme expose sa vie pour la fortune. La fortune est présente, le péril paraît éloigné, et jamais aucun magistrat n'aura l'âme assez atroce pour se dire : « Je pendrai, je brûlerai, j'infamerai un citoyen », aussi fermement, aussi constamment, que l'homme entreprenant s'est dit à lui-même : « Je veux être riche. »

Et puis il n'y a aucun livre qui fasse quelque bruit dont il n'entre en deux mois deux cents, trois cents, quatre cents exemplaires, sans qu'il y ait personne de compromis ; et chacun de ces exemplaires circulant en autant de mains, il est impossible qu'il ne se trouve un téméraire entre tant d'hommes avides de gain, sur un espace de l'étendue de ce royaume, et voilà l'ouvrage commun.

Si vous autorisez par une permission tacite l'édition d'un ouvrage hardi, du moins vous vous rendez le maître de la distribution, vous éteignez la première sensation, et je connais cent ouvrages qui ont passé sans bruit, parce que la connivence du magistrat a empêché un éclat que la sévérité n'aurait pas manqué de produire.

Si cet éclat a eu lieu, malgré toute votre circonspection, ne livrez point votre auteur, ce serait une indignité ; n'abandonnez point votre commerçant qui ne s'est engagé que sous votre bon plaisir ; mais criez, tonnez plus haut que les autres, ordonnez les plus terribles perquisitions, qu'elles se fassent avec l'appareil le plus formidable, mettez en l'air l'exempt, le commissaire, les syndics, la garde ; qu'ils aillent partout, de jour, aux yeux de tout le monde et qu'ils ne trouvent jamais rien ; il faut que cela soit ainsi ; on ne peut pas dire à certaines gens et moins encore leur faire entendre que vous n'avez tacitement permis ici la publication de cet ouvrage que parce qu'il vous était impossible de l'empêcher ailleurs ou ici, et qu'il ne vous restait que ce moyen sûr de mettre à couvert, par votre connivence, l'intérêt du commerce.

Ceux d'entre eux qui paraîtront le plus vivement offensés du conseil que j'ose vous donner sont ou de bons israélites qui n'ont ni vues, ni expérience, ni sens commun ; les autres des méchants très profonds qui se soucient on ne peut pas moins de l'intérêt de la société, pourvu que le leur soit à couvert, comme ils l'ont bien fait voir en des occasions plus importantes. Écoutez-les, interrogez-les, et vous verrez qu'il ne tiendrait pas à eux qu'ils ne vous missent un couteau à la main pour égorger la plupart des hommes qui ont eu le bonheur ou le malheur de n'être pas de leur avis. Ce qu'il y a de singulier, c'est que depuis qu'ils existent ils s'arrogent, au mépris de toute autorité, la liberté de parler et d'écrire qu'ils veulent nous ôter, quoique leurs discours séditieux et leurs ouvrages extravagants et fanatiques soient les seuls qui jusqu'à présent aient troublé la tranquillité des États et mis en danger les têtes couronnées.

Cependant je n'exclus pas même leurs livres du nombre de ceux qu'il faut permettre tacitement ; mais que le commerce de tous livres prohibés se fasse par vos libraires et non par d'autres. Le commerce de librairie fait par des particuliers sans état et sans fonds est un échange d'argent contre du papier manufacturé ; celui de vos commerçants en titre est presque toujours un échange d'industrie et d'industrie, de papier manufacturé et de papier manufacturé.

Vous savez quel fut le succès du *Dictionnaire de Bayle* quand il parut et la fureur de toute l'Europe pour cet ouvrage ; qui est-ce qui ne voulut pas avoir un *Bayle* à quelque prix que ce fût ? et qui est-ce qui ne l'eut pas malgré toutes les précautions du ministère ? Les parti-

culiers qui n'en trouvaient point chez nos commerçants s'adressaient à l'étranger ; l'ouvrage venait par
des voies détournées et notre argent s'en allait. Le
libraire, excité par son intérêt pallié d'une considération saine et politique, s'adressa au ministre et n'eut
pas de peine à lui faire sentir la différence d'un commerce d'argent à papier, ou de papier à papier ; le
ministre lui répondit qu'il avait raison, cependant qu'il
n'ouvrirait jamais la porte du royaume au *Bayle*. Cet
aveu de la justesse de sa demande et ce refus décidé de
la chose demandée l'étonnèrent, mais le magistrat
ajouta tout de suite : « C'est qu'il faut faire mieux, il
faut l'imprimer » ; et le *Bayle* fut imprimé ici.

Or, je vous demande à vous, monsieur, s'il était sage
de faire en France la troisième ou la quatrième édition
du *Bayle*, n'y eut-il pas de la bêtise à n'avoir pas fait la
seconde ou la première ?

Je ne discuterai point si ces livres dangereux le sont
autant qu'on le crie, si le mensonge, le sophisme,
n'est pas tôt ou tard reconnu et méprisé, si la vérité
qui ne s'étouffe jamais, se répandant peu à peu,
gagnant par des progrès presque insensibles sur le
préjugé qu'elle trouva établi, et ne devenant générale
qu'après un laps de temps surprenant, peut jamais
avoir quelque danger réel. Mais je vois que la proscription, plus elle est sévère, plus elle hausse le prix

du livre, plus elle excite la curiosité de le lire, plus il est acheté, plus il est lu.

Et combien la condamnation n'en a-t-elle pas fait connaître que leur médiocrité condamnait à l'oubli? Combien de fois le libraire et l'auteur d'un ouvrage privilégié, s'ils l'avaient osé, n'auraient-ils pas dit aux magistrats de la grande police : «Messieurs, de grâce, un petit arrêt qui me condamne à être lacéré et brûlé au bas de votre grand escalier?» Quand on crie la sentence d'un livre, les ouvriers de l'imprimerie disent : «Bon, encore une édition!»

Quoi que vous fassiez, vous n'empêcherez jamais le niveau de s'établir entre le besoin que nous avons d'ouvrages dangereux ou non, et le nombre d'exemplaires que ce besoin exige. Ce niveau s'établira seulement un peu plus vite, si vous y mettez une digue. La seule chose à savoir, tout le reste ne signifiant rien, sous quelque aspect effrayant qu'il soit proposé, c'est si vous voulez garder votre argent ou si vous voulez le laisser sortir. Encore une fois, citez-moi un livre dangereux que nous n'ayons pas.

Je pense donc qu'il est utile pour les lettres et pour le commerce de multiplier les permissions tacites à l'infini, ne mettant à la publication et à la distribution d'un livre qu'une sorte de bienséance qui satisfasse les petits esprits ; on défère un auteur, les lois le proscrivent, son arrêt se publie, il est lacéré et brûlé, et deux mois après il est exposé sur les quais. C'est un mépris des lois manifeste qui n'est pas supportable.

Qu'un livre proscrit soit dans le magasin du commerçant, qu'il le vende sans se compromettre ; mais qu'il n'ait pas l'impudence de l'exposer sur le comptoir de sa boutique, sans risquer d'être saisi.

Je pense que, si un livre est acquis par un libraire qui en a payé le manuscrit et qui l'a publié sur une permission tacite, cette permission équivaut à un privilège ; le contrefacteur fait un vol que le magistrat préposé à la police de la librairie doit châtier d'autant plus sévèrement qu'il ne peut être poursuivi par les lois. La nature de l'ouvrage qui empêche une action juridique ne fait rien à la propriété.

Si l'ouvrage prohibé dont on sollicite ici l'impression a été publié chez l'étranger, il semble rentrer dans la classe des effets de droit commun ; on peut en user comme le règlement ou plutôt l'usage en ordonne des livres anciens ; la copie n'a rien coûté au libraire, il n'a nul titre de propriété ; faites là-dessus tout ce qu'il vous plaira, ou l'objet d'une faveur, ou la récompense d'un libraire, ou celle d'un homme de lettres, ou l'honoraire d'un censeur, ou la propriété du premier occupant; mais, encore une fois, ne souffrez pas qu'on les mutile.

Mais plus je donne d'étendue aux permissions tacites, plus il vous importe de bien choisir vos censeurs. Que ce soient des gens de poids par leurs connaissances, par leurs mœurs et la considération qu'ils se seront acquise; qu'ils aient toutes les distinctions personnelles qui peuvent en imposer à un jeune auteur. Si j'ai, dans la chaleur de l'âge, dans ce temps où pour ouvrir sa porte à la considération on fait sauter son bonheur par la fenêtre, commis quelques fautes, combien je les ai réparées! Je ne saurais dire le nombre de productions de toutes espèces sur lesquelles j'ai été consulté et que j'ai retenues dans les portefeuilles des auteurs, en leur remontrant avec force les persécutions auxquelles ils allaient s'exposer, les obstacles qu'ils préparaient à leur avancement, les troubles dont toute leur vie se remplirait, les regrets amers qu'ils en auraient. Il est vrai que j'en parlais un peu par expérience; mais, si j'ai réussi, quels services ne serait-on pas en état d'attendre d'hommes plus importants?

Quand j'ouvre mon *Almanach royal* et que je trouve, au milieu d'une liste énorme et à côté des noms de MM. Ladvocat, bibliothécaire de Sorbonne, Saurin, Astruc, Senac, Morand, Louis, Clairaut, De Parcieux,

Capperonier, Barthélemy, Bejot et quelques autres que je ne nomme pas et que je n'en révère pas moins, une foule de noms inconnus, je ne saurais m'empêcher de lever les épaules.

Il faut rayer les trois quarts de ces gens qui ont été revêtus de la qualité de juges de nos productions dans les sciences et dans les arts, sans qu'on sache trop sur quels titres ; conserver le petit nombre des autres qui sont très en état de donner un bon conseil à l'auteur sur son ouvrage et leur faire un sort digne à peu près de leurs fonctions.

Il y a déjà quelques pensions : qui empêcherait d'ajouter à cette expectative un petit tribut sur l'ouvrage même censuré ? Outre l'exemplaire qui revient au censeur, sinon de droit, au moins d'usage, pourquoi ne lui fixerait-on pas un honoraire relatif au volume, qui serait à la charge de l'auteur ou du libraire ? par exemple dix-huit livres pour le volume in-douze, un louis pour l'in-octavo, trente-six livres pour l'in-quarto, deux louis pour l'in-folio ; cette taxe ne serait pas assez onéreuse pour qu'on s'en plaignît. Ce n'est rien si l'ouvrage réussit ; c'est un bien léger accroissement de perte s'il tombe, et puis, elle ne serait payée qu'au cas que l'ouvrage fût jugé susceptible de privilège ou de permission tacite.

La chose est tout à fait différente à Londres : il n'y a ni privilèges ni censeurs. Un auteur porte son ouvrage à l'imprimeur, on l'imprime, il paraît. Si l'ouvrage mérite par sa hardiesse l'animadversion publique, le magistrat s'adresse à l'imprimeur ; celui-ci tait ou nomme l'auteur : s'il le tait, on procède contre lui ; s'il le nomme, on procède contre l'auteur. Je serais bien fâché que cette police s'établît ici ; bientôt elle nous rendrait trop sages.

Quoi qu'il en soit, s'il importe de maintenir les règlements des corporations, puisque c'est un échange que le gouvernement accorde à quelques citoyens des impositions particulières qu'il assied sur eux, du moins jusqu'à ce que des temps plus heureux lui permettent d'affranchir absolument l'industrie de ces entraves pernicieuses, par l'acquit des emprunts que ces corporations ont faits pour fournir à ces impositions, je puis et je ne balance pas à vous dénoncer un abus qui s'accroît journellement au détriment de la communauté et du commerce de la librairie : je parle de la nuée de ces gens sans connaissances, sans titre et sans aveu, qui s'en immiscent avec une publicité qui n'a pas d'exemple. À l'abri des protections qu'ils se sont faites et des asiles privilégiés qu'ils occupent, ils vendent, achètent, contrefont, débitent des contrefaçons du pays ou étrangères et nuisent en cent manières diverses, sans avoir la moindre inquiétude sur la sévé-

rité des lois. Comment est-il possible que la petite commodité que les particuliers en reçoivent ferme les yeux
au magistrat sur le mal qu'ils font? Je demande ce que
deviendrait notre librairie, si la communauté de ce
nom, réduite aux abois, venait tout d'un coup à se dissoudre et que tout ce commerce tombât entre les
mains de ces misérables agents de l'étranger; qu'en
pourrions-nous espérer? À présent que par toutes
sortes de moyens illicites ils sont devenus presque aussi
aisés qu'ils le seront jamais, qu'on les assemble tous et
qu'on leur propose la réimpression de quelques-uns
de ces grands corps qui nous manquent, et l'on verra
à qui l'on doit la préférence, ou à ceux qui ont acquis
par leur éducation, leur application et leur expérience, la connaissance des livres anciens, rares et précieux, à qui les hommes éclairés s'adressent toujours,
soit qu'il s'agisse d'acquérir ou de vendre, dont les
magasins sont les dépôts de toute bonne littérature et
qui en maintiennent la durée par leurs travaux; ou
cette troupe de gueux ignorants qui n'ont rien que des
ordures, qui ne savent rien et dont toute l'industrie
consiste à dépouiller de légitimes commerçants et à les
conduire insensiblement, par la suppression de leurs
rentrées journalières, à la malheureuse impossibilité
de nous rendre des services que nous ne pouvons certainement attendre d'ailleurs. Où est l'équité de créer
un état, de l'accabler de charges et d'en abandonner
le bénéfice à ceux qui ne les partagent pas? C'est une

inadvertance et une supercherie indigne d'un gouvernement qui a quelque sagesse ou quelque dignité.

Mais, dira-t-on, que la communauté ne les reçoit-elle ? Plusieurs se sont présentés. J'en conviens ; mais je ne vois pas qu'on puisse blâmer la délicatesse d'un corps qui tient un rang honnête dans la société d'en rejeter ses valets. La plupart des colporteurs ont commencé par être les valets des libraires. Ils ne sont connus de leurs maîtres que par des entreprises faites sur leur commerce, au mépris de la loi. Leur éducation et leurs mœurs sont suspectes, ou, pour parler plus exactement, leurs mœurs ne le sont pas. On aurait peine à en citer un seul en état de satisfaire au moindre point des règlements ; ils ne savent ni lire ni écrire. Estienne, célèbres imprimeurs d'autrefois, que diriez-vous s'il vous était accordé de revenir parmi nous, que vous jetassiez les yeux sur le corps des libraires et que vous vissiez les dignes successeurs que vous avez et ceux qu'on veut leur associer ?

Cependant, j'ai conféré quelquefois avec les meilleurs imprimeurs et libraires de Paris, et je puis assurer qu'il est des arrangements auxquels ils sont tous disposés à se prêter. Qu'on sépare de la multitude de ces intrus une vingtaine des moins notés, s'ils s'y trouvent, et ils ne refuseront point de se les affilier ; on en formera une classe subalterne de marchands qui continueront d'habiter les quartiers qu'ils occupent, et où, par une bizarrerie que je vous expliquerai tout à l'heure, les libraires par état ne peuvent se transplanter ; ils seront reconnus à la chambre syndicale, ils se soumettront aux règlements généraux, on en pourra faire un particulier pour eux ; on fixera les bornes dans lesquelles leur commerce se renfermera ; ils fourniront proportionnellement aux impositions du corps, et les enfants de ces gueux-là, mieux élevés et plus instruits que leurs pères, pourront même un jour se présenter à l'apprentissage et y être admis.

C'est ainsi, ce me semble, qu'on concilierait l'intérêt de la bonne et solide librairie et la paresse des gens du monde qui trouvent très commodes des domestiques qui vont leur présenter le matin les petites nouveautés du jour.

En attendant qu'on prenne quelque parti là-dessus, si les libraires demandent que, conformément aux arrêts et règlements de leur état, et notamment à l'article 4 de celui du 27 février 1723, tous ceux qui se mêleront de leur commerce sans qualité soient punis suivant la rigueur des lois, et que si, nonobstant les ordonnances du 20 octobre 1721, 14 août 1722, 31 octobre 1754 et 25 septembre 1742, les maisons royales et autres asiles prostitués à ce brigandage paraissent cependant trop respectables pour y faire des saisies et autres exécutions, il soit sévi personnellement contre ceux qui y tiendront boutique ouverte et magasins ; je trouve qu'à moins d'un renversement d'équité qui ne se conçoit pas et qui signifierait : « Je veux que parmi les citoyens il y en ait qui me payent tant pour le droit de vendre des livres, et je veux qu'il y en ait qui ne me payent rien ; je veux qu'il y ait des impositions pour les uns et point d'impositions pour les autres, quoique cette distinction soit ruineuse ; je veux que ceux-ci soient assujettis à des lois dont il me plaît d'affranchir les autres ; je veux que celui à qui j'ai permis de prendre ce titre, à condition qu'il me fournirait tel et tel secours, soit vexé, et que celui qui s'est passé du titre et qui ne m'a rien donné profite de l'avantage que lui donne la vexation que j'exercerai sur son concurrent » ; il faut accorder au libraire sa demande.

Mais comme vous ne méprisez rien de ce qui tient à l'exercice de vos fonctions, et que ce qui sert à vous éclairer cesse d'être minutieux à vos yeux, je vais vous expliquer la première origine de cette nuée de colporteurs qu'on a vu éclore aussi subitement que ces insectes qui dévorent nos moissons de l'Angoumois. Je la rapporte à un règlement qui put être autrefois raisonnable, mais qui par le changement des circonstances est devenu tout à fait ridicule.

Ce règlement, qui date de la première introduction de l'imprimerie en France, défend à tout libraire et à tout imprimeur de transporter son domicile au-delà des ponts.

L'imprimerie s'établit à Paris en 1470. Ce fut Jean de La Pierre, prieur de Sorbonne, qui rendit ce service aux lettres françaises. La maison de Sorbonne, célèbre dès ce temps, fut le premier endroit où il plaça les artistes qu'il avait appelés.

L'art nouveau divisa la librairie en deux sortes de commerçants : les uns libraires marchands de manuscrits, et les autres libraires marchands de livres imprimés. La liaison des deux professions les réunit en un seul corps, tous devinrent imprimeurs et furent compris indistinctement sous l'inspection de l'Université. L'intérêt de leur commerce les avait rassemblés dans son quartier, ils y fixèrent leurs domiciles.

Charles VIII, à la sollicitation des fermiers contre le grand nombre des privilégiés, pour le diminuer, fixa, en 1488, celui des libraires de l'Université à vingt-quatre ; les autres, sans participer aux privilèges, furent arrêtés par la commodité du débit aux mêmes endroits qu'ils habitaient.

Cependant le goût de la lecture, favorisé par l'imprimerie, s'étendit ; les curieux de livres se multiplièrent, la petite enceinte de la montagne ne renferma plus toute la science de la capitale, et quelques commerçants songèrent à se déplacer et à porter leur domicile au-delà des ponts. La communauté, qui d'une convenance s'était fait une loi de rigueur, s'y opposa, et les syndics et adjoints, chargés de la police intérieure de leur corps, représentèrent que la visite des livres du dehors prenant déjà une grande partie de leur temps, ils ne pourraient suffire à celle des imprimeries, si, s'éloignant les unes des autres, elles se répandaient sur un plus grand espace.

De là les arrêts du Conseil et du Parlement, et les déclarations rapportées au code de la librairie sous l'article 12 du règlement de 1723, qui défend aux imprimeurs et libraires de Paris de porter leur domicile hors du quartier de l'Université.

Cette petite enceinte fut strictement désignée à ceux qui tiendraient magasin et boutique ouverte et qui seraient en même temps imprimeurs et libraires ; quant à ceux qui ne seraient que libraires, on leur accorda le dedans du Palais, et l'on permit à quelques autres, dont le commerce était restreint à des *Heures* et à des petits livres de prières, d'habiter les environs du Palais et de s'étendre jusque sur le quai de Gesvres.

Toute cette police des domiciles est confirmée depuis 1600 par une suite de sentences, d'arrêts et de déclarations ; elle a subsisté même après la réduction du nombre des imprimeurs de Paris à trente-six, elle subsiste encore, sans qu'il reste aucun des motifs de son institution. Autant l'état ancien de la librairie et des lettres semblait exiger cet arrangement, autant leur état actuel en demande la réforme.

L'art typographique touche de si près à la religion, aux mœurs, au gouvernement et à tout l'ordre public, que pour conserver aux visites leur exécution prompte et facile, peut-être est-il bien de renfermer les imprimeries dans le plus petit espace possible. Que le règlement qui les retient dans le seul quartier de l'Université subsiste, à la bonne heure. Mais pour les boutiques et magasins de librairie, dont les visites sont moins fréquentes, il est rare que la publicité de la vente ne mène directement au lieu de la malversation, et que l'application du remède, quand il en est besoin, soit ou retardée ou empêchée par aucun obstacle.

D'ailleurs la partie de la ville qui est hors de l'enceinte de l'Université est la plus étendue. Il y a des maisons religieuses, des communautés ecclésiastiques, des gens de loi, des littérateurs et des lecteurs en tout genre. Chaque homme opulent, chaque petit particulier, qui n'est pas brute, a sa bibliothèque plus ou

moins étendue. Cependant la vieille police qui
concentrait les libraires dans un espace continuant de
s'exercer, lorsque l'intérêt de ces commerçants et la
commodité publique demandaient qu'on les répandît
de tous côtés, quelques hommes indigents s'avisèrent
de prendre un sac sur leurs épaules, qu'ils avaient
rempli de livres achetés ou pris à crédit dans les boutiques des libraires ; quelques pauvres femmes, à leur
exemple, en remplirent leurs tabliers, et les uns et les
autres passèrent les ponts et se présentèrent aux
portes des particuliers. Les libraires dont ils facili-
taient le débit leur firent une petite remise qui les
encouragea. Leur nombre s'accrut, ils entrèrent partout, ils trouvèrent de la faveur, et bientôt ils eurent
au Palais-Royal, au Temple, dans les autres palais et
lieux privilégiés des boutiques et des magasins. Des
gens sans qualité, sans mœurs, sans lumières, guidés
par l'unique instinct de l'intérêt, profitèrent si bien
de la défense qui retenait les libraires en deçà de
la rivière qu'ils en vinrent à faire tout leur commerce
en delà.

Encore s'ils avaient continué de se pourvoir chez votre
vrai commerçant, la chose eût été tolérable ; mais ils
connurent les auteurs, ils achetèrent des manuscrits, ils
obtinrent des privilèges, ils trouvèrent des imprimeurs,
ils contrefirent, ils recherchèrent les contrefaçons de
l'étranger, ils se jetèrent sur la librairie ancienne et

moderne, sur le commerce du pays et sur les effets exotiques, ils ne distinguèrent rien, ne respectèrent aucune propriété, achetèrent tout ce qui se présenta, vendirent tout ce qu'on leur demanda, et une des raisons secrètes qui les mit en si grand crédit, c'est qu'un homme qui a quelque caractère, une femme à qui il reste quelque pudeur, se procuraient par ces espèces de valets un livre abominable dont ils n'auraient jamais osé prononcer le titre à un honnête commerçant. Ceux qui ne trouvèrent point de retraite dans les lieux privilégiés, assurés, je ne sais trop comment, de l'impunité, eurent ailleurs des chambres et des magasins ouverts où ils invitèrent et reçurent les marchands; ils se firent des correspondances dans les provinces du royaume, ils en eurent avec l'étranger, et les uns ne connaissant point les bonnes éditions et d'autres ne s'en souciant point, chaque commerçant proportionnant la qualité de sa marchandise à l'intelligence et au goût de son acheteur, le prix vil auquel le colporteur fournit des livres mal facturés priva le véritable libraire de cette branche de son commerce. Qu'y a-t-il donc de surprenant si ce commerçant est tombé dans l'indigence, s'il n'a plus de crédit, si les grandes entreprises s'abandonnent, lorsqu'un corps autrefois honoré de tant de prérogatives devenues inutiles s'affaiblit par toutes sortes de voies?

Ne serait-ce pas une contradiction bien étrange qu'il y eût des livres prohibés, des livres pour lesquels, en quelque lieu du monde que ce soit, on n'oserait ni demander un privilège, ni espérer une possession tacite, et pour la distribution desquels on souffrît cependant, ou protégeât une certaine collection d'hommes qui les procurât au mépris de la loi, au su et au vu du magistrat, et qui fît payer d'autant plus chèrement son péril simulé et son infraction manifeste des règles ? Ne serait-ce pas une autre contradiction aussi étrange que de refuser au véritable commerçant dont on exige le serment, à qui l'on a fait un état, sur lequel on assied des impositions, dont l'intérêt est d'empêcher les contrefaçons, une liberté ou plutôt une licence qu'on accorderait à d'autres ?

N'en serait-ce pas encore une que de le resserrer, soit pour ce commerce qu'on appelle prohibé, soit pour son commerce autorisé, dans un petit canton, tandis que toute la ville serait abandonnée à des intrus ?

Je n'entends rien à toute cette administration, ni vous non plus, je crois.

Qu'on ne refuse donc aucune permission tacite ; qu'en vertu de ces permissions tacites le vrai commerçant jouisse aussi sûrement, aussi tranquillement que sur la foi d'un privilège ; que ces permissions soient soumises aux règlements ; que, si l'on refuse d'éteindre les colporteurs, on les affilie au corps de la librairie ; qu'on fasse tout ce qu'on jugera convenable, mais qu'on ne resserre pas le vrai commerçant dans un petit espace qui borne et anéantit son commerce journalier ; qu'il puisse s'établir où il voudra ; que le littérateur et l'homme du monde ne soient plus déterminés par la commodité de s'adresser à des gens sans aveu, ou contraints d'aller chercher au loin le livre qu'ils désirent. En faisant ainsi, le public sera servi, et le colporteur, quelque état qu'on lui laisse, éclairé de plus près et moins tenté de contrevenir.

L'émigration que je propose ne rendrait pas le quartier de l'Université désert de libraires. On peut s'en rapporter à l'intérêt. Celui qui a borné son commerce aux livres classiques grecs et latins ne s'éloignera jamais de la porte d'un collège. Aussi l'Université ne s'est-elle pas opposée à cette dispersion et n'en a-t-elle rien stipulé dans l'arrêt de règlement du 10 septembre 1725.

Les libraires établiront leur domicile où bon leur semblera ; quant aux trente-six imprimeurs, qui suffiraient seuls à pourvoir les savants de la montagne, ils resteront dans la première enceinte, et par ce moyen on aura pourvu à l'intérêt de la religion, du gouvernement et des mœurs, à la liberté du commerce, au secours de la librairie qui en a plus besoin que jamais, à la commodité générale et au bien des lettres.

Si donc les libraires requièrent à ce qu'il plaise au roi de leur permettre de passer les ponts et de déroger aux arrêts et règlements à ce contraire, il leur faut accorder.

S'ils demandent des défenses expresses à tous colporteurs et autres sans qualité de s'immiscer dans leur commerce, et de s'établir dans les maisons royales et autres lieux privilégiés, à peine de dépens, dommages et intérêts, même poursuite extraordinaire, information, enquête, peine selon les ordonnances, saisie et le reste, il faut leur accorder.

S'ils demandent qu'il soit défendu à tous libraires forains et étrangers d'avoir l'entrepôt et magasin et même de s'adresser pour la vente à d'autres que le vrai commerçant, et ce sur les peines susdites, il faut encore leur accorder.

Toute cette contrainte me répugne plus peut-être qu'à vous ; mais ou procurez la liberté totale du commerce, l'extinction de toute communauté, la suppression des impôts que vous en tirez, l'acquit des dettes qu'elles ont contractées dans vos besoins, ou laissez la jouissance complète des droits que vous leur vendez, sans quoi, je vous le répète, vous ressemblerez au commerçant qui entretiendrait à sa porte un filou pour enlever la marchandise qu'on aurait achetée de lui ; vous aurez rassemblé en corps des citoyens sous le prétexte de leur plus grand intérêt, pour les écraser plus sûrement tous.

Sur la naissance de l'édition

Il est des textes dont l'intérêt est tel que l'on finit par oublier les circonstances qui entourèrent leur publication et qui deviennent quasi intemporels, presque éternels. Ainsi en est-il sans doute de *La République* de Platon, du *Discours de la méthode* de Descartes ou de la *Critique de la raison pure* de Kant. Ce qui est vrai des grands classiques de la philosophie, toujours disponibles pour étayer la réflexion de l'homme contemporain, l'est aussi d'un nombre beaucoup plus restreint d'écrits d'actualité, *L'Affaire Calas* de Voltaire, *J'accuse… !* de Zola et, pour d'autres raisons, la *Lettre sur le commerce de la librairie* de Denis Diderot. Si la Lettre a acquis un tel statut, c'est au prix d'un véritable détournement de signification. Intitulée initialement *Mémoire sur la liberté de la presse*, fondatrice en matière de défense de la liberté d'expression, elle a pris un tout autre sens dans l'Histoire. Rédigée fin 1763, publiée seulement en 1861, brandie par Bernard Grasset en 1937 pour contrer les propositions du ministre Jean Zay, puis à nouveau lors des débats préparatoires au vote de la loi de mars 1957, elle est aujourd'hui tirée du linceul où dorment les grandes œuvres, comme chaque fois qu'un péril réel ou supposé semble menacer le monde de l'édition.

Dans le court terme, elle s'inscrit dans la tentative du pouvoir d'Ancien Régime de briser le carcan des corporations et des métiers jurés (ce qui sera fait en 1791 avec le décret d'Allarde et la loi Le Chapelier), et de réformer en profondeur l'exercice de la librairie. Plus profondément, et cela a rarement été souligné, cette *Lettre* est portée au dossier volumineux qui concerne la Chambre syndicale des libraires au moment précis où le métier change radicalement, tandis que naît celui d'éditeur : dépouillé de ses tâches d'imprimeur et de libraire, l'éditeur est désormais l'intermédiaire exclusif entre l'auteur et son public, médiateur culturel et non plus simple négociant cherchant à gagner de l'argent pour jouir de ses rentes.

Fille d'une conjoncture particulière, l'argumentation de Diderot est rédigée au moment où le chancelier Guillaume de Lamoignon vient de demander à son fils, Chrétien-Guillaume de Lamoignon, plus connu sous le nom de Malesherbes, de l'aider à préparer les réformes indispensables à une profession qui étouffe. Celle-ci est en effet de plus en plus centralisée à Paris à cause de la proximité de la Cour à Versailles ; elle menace de faire disparaître les grandes capitales de l'imprimerie que furent Lyon, Rouen, Lille, Caen, Limoges, Dijon ou Bordeaux, ce qui suscite un redoublement de la contrefaçon. Trop bridée par la censure royale, la librairie est victime d'une autre contrefaçon, bien pire, celle de l'étranger qui se nourrit, explique Diderot, de l'étroitesse du point de vue national. Plongée dans des contradictions insolubles, tellement exacerbées que l'on peut dresser deux séries de statistiques de la production française, celles du pouvoir royal – peut-être 40 % du total – et celles des impressions clandestines – 60 % –, la librairie dépérit alors même que les philosophes des Lumières et les romanciers préromantiques ou libertins sont en mesure de lui assurer une renommée extraordinaire. C'est à cette sortie d'une situation absurde que Lamoignon entend remédier et attacher son nom quand il rédige, lui aussi, plusieurs mémoires en 1759. L'heure est grave en effet : les privilèges dont bénéficiait *L'Encyclopédie* viennent d'être révoqués et il s'agit pour Malesherbes, son protecteur officieux, de faire en sorte que les parlements – les tribunaux de l'époque – n'aient pas à statuer sur le fond. Courageuse, sa position aboutit à fermer les yeux sur l'impression clandestine de la collection[1], ce que Diderot confirmera dans sa *Lettre* en suggérant cette méthode comme un principe de sage gouvernance.

Quatre ans plus tard, dans un contexte radicalement modifié, alors que Sartine, le lieutenant de police, a remplacé Lamoignon à la direction de la Librairie et que l'archevêque de Paris vient de condamner *L'Émile* au bûcher, la *Lettre* de Diderot est écrite à l'intention du représentant du pouvoir. Initiée à la demande du libraire de *L'Encyclopédie*, Le Breton, celui-là même contre lequel s'emporte Diderot quand il s'aperçoit des mutilations qu'il a fait subir à son œuvre[2], cette longue dissertation se veut un plaidoyer vibrant pour le maintien du privilège d'édition. Tournant le dos à un siècle de réflexions hostiles à la survivance du régime de l'exclusif, Diderot semble tout d'un coup renoncer à son combat contre l'oppression alors même, et il le dit dans sa *Lettre*, qu'il ne défend rien d'autre que la liberté du commerce. Quatre-vingts ans plus tard, Alphonse Karr ne cessera de réclamer de l'Assemblée le vote d'une loi très simple affirmant : « La propriété littéraire est une propriété comme les autres. » Diderot plaide avant lui pour le respect des contrats signés. Sans bien s'en rendre compte (mais son texte a été tronqué, on le verra), il se fait le porte-parole du point de vue des seuls éditeurs – qu'il appelle encore libraires – et témoigne par là de l'émergence d'une profession encore peu théorisée et de l'inversion du rapport qui liait l'auteur à l'éditeur. Comme il l'affirme d'ailleurs avec force, on confond le privilège qui n'est rien d'autre que le droit d'imprimer accordé par le pouvoir royal au propriétaire des droits d'auteur, avec un monopole qui suppose une faveur. Développant un raisonnement qui revient à transformer les bureaux du pouvoir en Institut national de la propriété intellectuelle avant la lettre, Diderot demeure donc fidèle à ses conceptions les plus profondes. Cela ressort avec plus de vigueur encore dans la dernière partie de son mémoire consacrée aux permissions tacites. Cette fois, il s'appuie sur l'expérience de Malesherbes pour encourager le gouvernement à fermer les yeux, à laisser circuler les écrits les plus critiques sans se soucier de réprimer ou d'enfermer la pensée puisque, rappelle-t-il, cet exercice est vain. « Bordez [...] toutes vos frontières de soldats, armez-les de baïonnettes pour repousser tous les livres dangereux [...], et ces livres [...] passeront entre leurs jambes ou sauteront par-dessus leurs têtes et nous reviendront ». Partisan d'une liberté d'appréciation de la qualité des livres qui confère à l'opinion publique seule, et non à la police, cette faculté, Diderot n'en est pas moins le défenseur acharné du droit de propriété littéraire. À la différence de ceux qui, au XXIe siècle, s'appuient sur le premier amendement de la Constitution américaine pour prôner la liberté totale de circulation des œuvres sur Internet, Diderot répond par anticipation que l'auteur est seul en mesure d'aliéner à un tiers sa propriété ou de l'abandonner au trésor des nations. Persuadé qu'on ne lutte pas contre l'inégalité des conditions en privant ceux qui vivent de leur plume des moyens de négocier leur propriété littéraire, il se mue en avocat de la corporation des éditeurs encore à peine dégagée de la gangue où la Librairie d'Ancien Régime l'enfermait. Il y est poussé par son marchand, Le Breton, avons-nous dit, mais également par son propre mouvement qui le conduit à défendre avec acharnement la « liberté de la presse », celle de publier, d'imprimer, de faire connaître sa pensée. Si les hommes dont c'est le métier de transformer écrits et textes en livres, n'y sont plus poussés par leur propre intérêt, alors la liberté d'expression se révélera illusoire. N'importe qui imprimera n'importe quoi n'importe comment et l'auteur ne retrouvera plus le produit de sa pensée dans les rebuts de l'imprimerie. Voilà la conséquence inéluctable d'une concurrence sans limites. C'est dans cette argumentation serrée que le roturier Diderot, obligé de monnayer ses écrits pour vivre, se détache le plus du seigneur de Ferney, Voltaire, qui n'avait pas, lui, besoin de ses éditeurs pour gagner sa vie.

Aimant les paradoxes, Diderot a, en quelque sorte, démontré la nécessité de maintenir le privilège d'édition, fruit d'une longue histoire de la profession, en prouvant qu'il n'était pas l'enfant de la censure ou de l'inquisition, mais celui de la liberté absolue qu'ont les hommes de passer des contrats entre eux. Non suivie dans cette voie par le pouvoir royal qui, dans ses arrêts de 1777, réaffirmera que le privilège est une grâce et non un droit reconnu au légitime propriétaire[3], la *Lettre sur le commerce de la librairie* annonce cependant l'évolution ultérieure du droit positif. Avec la reconnaissance, au profit de l'éditeur, du droit d'exploiter la propriété littéraire pendant la vie de l'auteur (et pendant une période de dix ans après sa mort dès 1793, puis une période fixée à vingt, trente ans et même cinquante ans à partir de 1866), celui-ci annonçait l'actuelle législation européenne fixée désormais à soixante-dix ans. Toutefois, la législation de 1777 avait commencé à définir un domaine public, celui des œuvres non couvertes par les traités. Cette disposition devait bientôt emporter l'adhésion des éditeurs, soucieux de proposer à leur clientèle non seulement les auteurs vivants et sous contrat, mais ceux du passé, libérés de toute dépendance. C'est pourquoi le débat rebondit au début du IIIe millénaire, au moment où certains esprits rêvent d'une possibilité technique de supprimer les intermédiaires, les éditeurs, et de faire dialoguer auteurs et lecteurs dans l'infinie liberté autorisée par l'Internet. L'écrivain Stephen King s'y est essayé, sans grand succès dès qu'il a demandé à son public de le rémunérer[4]. D'autres tenteront demain d'obtenir par ce biais ce que l'autoédition prône, sans résultat patent, depuis des décennies. Ayant oublié ce que Diderot savait d'expérience, à savoir que l'édition n'a d'autre justification que d'offrir en permanence au public les meilleures impressions, matérielles et culturelles, autorisées par l'époque, ils revendiquent cette liberté de la jungle que dénonçait le philosophe comme la cause d'une dégradation inéluctable de la chose imprimée.

Pragmatique et bon connaisseur de la profession, Diderot parle volontiers « de la canaille [qui] ne manque pas dans la librairie » et des « rapaces » qui naissent à chaque époque pour essayer de contourner les règlements en offrant à meilleur prix un livre tronqué, au prétexte que l'œuvre intégrale est trop longue. On a vu, à la fin du XXe siècle, des « éditeurs » s'engouffrer dans cette voie et pester contre les commentaires oisifs dont Balzac aurait surchargé ses romans pour mieux s'en débarrasser dans leurs versions abrégées. Contre ces mercenaires, Diderot avait exigé la défense stricte du droit moral de l'auteur sur son œuvre et revendiqué l'exigence que le meilleur papier et le plus beau caractère typographique servent « la propagation et les progrès de la lumière » – nous dirions de la raison. Refusant les productions de la *Bibliothèque bleue* de Troyes et les *Messagers boiteux*[5], trop infidèles les unes et les autres aux textes dont ils tiraient leurs extraits, il voulait croire que chacun, en participant au combat pour l'émancipation, désirerait posséder une bibliothèque renfermant, à tout moment, les plus belles productions de l'esprit humain. Si cet aspect de son argumentation a vieilli, l'ensemble de sa *Lettre* demeure d'actualité, ce qui explique ses rééditions sans, toutefois, lever complètement l'ambiguïté que nous avons signalée.

La fortune critique du *Mémoire sur la liberté de la presse* est en effet étonnante[6]. Non remise à Sartine, fin 1763, mais « embellie » par Le Breton, ce qui pourrait être la cause de la lettre de novembre 1764 dans laquelle Diderot dit avoir découvert la rouerie de son libraire, cette longue dissertation ne fut publiée qu'au XIXe siècle. D'abord insérée par le libraire Augustin Charles Renouard dans son *Traité des droits d'auteur*, en 1838, lors du débat portant sur la propriété littéraire, elle devait être publiée pour la première fois intégralement (chez Hachette) en 1861 par Georges Guiffrey, au nom de l'Association pour la défense de la propriété littéraire et artistique, alors que l'édition traversait une nouvelle période de doute et de contestations[7], puis en 1878 dans l'édition des Œuvres complètes de Diderot. Un siècle plus tard, au moment où le gouvernement du Front populaire affirmait son intention de légiférer pour supprimer certains abus en matière de droit d'auteur, Bernard Grasset, alors surnommé le «Napoléon de l'édition», devait, à son tour, se saisir de la *Lettre sur le commerce de la librairie* pour réclamer le *statu quo*. Retardée par la guerre et les impératifs de l'après-guerre, la discussion reprit après 1950 et déboucha sur le vote de la grande loi du 11 mars 1957 relative à la propriété littéraire et intégralement reprise dans le *Code de la propriété intellectuelle* de juillet 1992. Jacques Proust devait donner la première édition scientifique de ce texte en 1964, dans la collection «Les Classiques du peuple» aux Éditions sociales, mais dans une version écourtée quoique l'appareil de notes contienne tous les éléments susceptibles d'éclairer la vraie nature de cet écrit de circonstance. Il a de nouveau été publié dans les *Œuvres complètes* de Diderot au Club français du livre et chez Hermann en 1970-1975, puis par la librairie Fontaine en 1984.

Ainsi perpétuellement brandi par les représentants de la liberté absolue de l'éditeur, ce mémoire a-t-il fini par faire oublier que l'essentiel, aux yeux de Diderot et de ses contemporains, se situait ailleurs, dans la défense de la liberté d'expression des hommes. Représentatif de l'idéologie des Lumières par ce trait, de la générosité des philosophes qui combattaient la superstition et l'absolutisme par les seules armes de la critique, cet essai préparait les débats des assemblées de la Révolution. Parce qu'il ne voulait être jugé que par le tribunal de l'opinion et par ses pairs de la République des Lettres, Diderot avait encouragé la fraction libérale du pouvoir, Malesherbes et même Sartine par certains côtés, à tolérer les écrits séditieux, à fermer les yeux sur la circulation des écrits illicites, à laisser faire le marché des idées, au nom de la défense des intérêts supérieurs de la nation. Refusant de la même manière le maintien des systèmes anciens du mécénat et du clientélisme qui palliaient l'insuffisance de revenus des écrivains par la faveur des grands[8], il revendiquait le droit pour l'auteur de vivre de sa plume. Sans illusions véritables sur la cruauté des « rapaces », il préférait cependant la pauvreté dans la liberté à la richesse dans la dépendance pour reprendre l'apostrophe célèbre d'un leader tiers-mondiste[9]. Inscrite par conséquent dans ce contexte de transition entre deux époques, la *Lettre sur le commerce de la librairie* apparaît comme le premier essai destiné à penser la naissance de l'édition en Europe et à lui donner les moyens de se constituer en profession indépendante. Corollaire indispensable à la liberté d'expression de l'auteur, tout aussi neuve en 1763, elle ne pouvait s'éloigner de la librairie d'Ancien Régime qu'à la condition qu'on lui garantisse la possibilité de vivre de son fonds, les propriétés littéraires confiées par les auteurs. Elle devait ainsi permettre aux écrivains et aux penseurs de subsister grâce à l'exploitation de leur génie, pour parler comme Lakanal à la Convention, ce qui, cette fois, rend compte de la part d'utopie et d'idéal que contenait ce texte fondateur.

JEAN-YVES MOLLIER

Notes
1. Voir Malhesherbes, *Mémoires sur la librairie*, présentation par Roger Chartier, Paris, Imprimerie nationale, 1994.
2. Voir la Préface de Pierre Larousse à son *Grand Dictionnaire universel du XIXe siècle* où il explique qu'il s'est fait imprimeur pour éviter le désarroi et la colère de Diderot lors de la découverte de ces supercheries. Voir aussi la lettre de Diderot du 12 novembre 1764 où il écrit à Le Breton : « Vous m'avez lâchement trompé deux ans de suite [...]. J'en ai pleuré de rage. », Diderot, *Correspondance*, Paris, Éditions de Minuit (tome IV, p. 300).

3. Sur la *Lettre* de Diderot, voir aussi D. Diderot, *Sur la liberté de la presse*, édité par Jacques Proust, Paris, Éditions sociales, collection « Les Classiques du peuple », 1964, et Roger Chartier, *Les Origines culturelles de la Révolution française*, Paris, Le Seuil, 1980 (chapitre III).

4. Au cours de l'année 2000, Stephen King, jusqu'alors sous contrat avec Simon and Schuster, a décidé de publier son nouveau roman, *The Plant*, en ligne sur son site personnel. Sa demande de rémunération directe par ses lecteurs, un dollar, n'a guère été suivie d'effet et l'auteur est revenu chez ses éditeurs traditionnels.

5. Apparue au début du XVIIᵉ siècle, la *Bibliothèque bleue*, du nom du mauvais papier qui couvrait certains volumes, était une forme d'édition à très bas prix de textes remaniés. Les *Messagers boîteux* étaient, eux, des almanachs populaires également imprimés de façon à pouvoir atteindre toutes les catégories de la population.

6. Voir Jacques Proust, « Pour servir à une édition critique de la *Lettre sur le commerce de la librairie* », *Diderot Studies III*, Genève, Droz, 1961.

7. La *Lettre* de Diderot a été publiée chez L. Hachette et Cie en 1861 sous le titre : « La Propriété littéraire au XVIIIᵉ siècle : Lettre sur le commerce de la librairie par Diderot publiée pour la première fois par le Comité de l'Association pour la défense de la propriété littéraire et artistique, avec une introduction par M. G. Guiffrey, avocat à la Cour impériale de Paris » ; *cf.* Jean-Yves Mollier, *Louis Hachette (1800-1864). Le fondateur d'un empire*, Paris, Fayard, 1999, p. 410.

8. Voir Alain Viala, *Naissance de l'écrivain*, Paris, Éditions de Minuit, 1985.

9. Sekou Touré au général de Gaulle en août 1958.

Vie de Denis Diderot

5 octobre 1713. Naissance de Denis Diderot à Langres, d'un père coutelier de son état.

1723-1727. Études chez les jésuites de Langres. Il reçoit la tonsure le 22 août 1726.

1728. Poursuite de ses études au collège d'Harcourt, à Paris.

1741. Il rencontre Antoinette Champion, marchande de lingerie.

1742. Il travaille à la traduction de l'*Histoire de la Grèce* de Temple Stanyan. Première rencontre avec Jean-Jacques Rousseau.

1743. Il va à Langres et annonce à sa famille son intention d'épouser Antoinette Champion. Son père le fait interner dans un monastère, d'où il s'échappe pour se réfugier à Paris. Au mois de novembre, il se marie clandestinement.

1744. Il est engagé comme traducteur pour le *Dictionnaire universel de médecine et de chirurgie* de Robert James.

1745. Il publie une traduction libre de l'*Essai sur le mérite et la vertu* de Shaftesbury.

1746. Il rédige sa première œuvre, les *Pensées philosophiques*. Condamnation de l'ouvrage par le Parlement de Paris.

1747. Les libraires associés confient à Diderot et à d'Alembert la direction de *L'Encyclopédie*.

1748. Il publie *Les Bijoux indiscrets.*

1749. Publication de la *Lettre sur les aveugles à l'usage de ceux qui voient.* Il est emprisonné à Vincennes pour cet écrit.

1751. Parution du tome I de *L'Encyclopédie.*

1753. Naissance de sa fille Marie-Angélique.

1755. Début de la correspondance avec Sophie Volland qui sera son grand amour, malgré quelques autres grandes passions.

1756. Séjour à l'Ermitage avec Jean-Jacques Rousseau. Publication de la *Lettre à Landois.*

1757. Il publie *Le Fils naturel.*

1758. Rupture avec Jean-Jacques Rousseau.

1759. Condamnation de *L'Encyclopédie* par le Parlement. Mort de son père. Il rédige son premier *Salon.*

1760. Il commence à écrire *La Religieuse* et publie *Le Père de famille*, pièce de théâtre.

1762. Il commence *Le Neveu de Rameau.*

1763. Il écrit la *Lettre historique et politique sur le commerce de la librairie.*

1765. L'impératrice de Russie Catherine II lui achète sa bibliothèque. Il commence *Jacques le Fataliste* et écrit l'*Essai sur la peinture.*

1766. Mise en vente des dix-sept volumes de *L'Encyclopédie.*

1767. Il est élu membre de l'académie des Arts de Saint-Pétersbourg.

1769. Il écrit *Le Rêve de d'Alembert.*

1771. Première rédaction de *Jacques le Fataliste.* Bougainville publie son *Voyage* qui raconte son périple autour du monde.

1772. Il écrit l'*Essai sur les femmes.*

1773. Première publication du *Supplément au Voyage de Bougainville*. Diderot voyage en Allemagne et en Russie, jusqu'à Saint-Pétersbourg.

1774. Retour en France, après un séjour en Hollande.

1778. Publication de *Jacques le Fataliste*. Mort de Voltaire (30 mai), de Jean-Jacques Rousseau (2 juillet).

1784. Mort de Sophie Volland (22 février). Mort de Diderot (31 juillet).

Repères bibliographiques

ŒUVRES DE DIDEROT

◆ *Les Bijoux indiscrets*, Gallimard, Folio, 1982.
◆ *Ceci n'est pas un conte*, Mille et une nuits, 2001.
◆ *Jacques le Fataliste*, Seuil, L'École des Lettres, 1992.
◆ *Lettres à Sophie Volland et autres dialogues philosophiques*, Gallimard, Folio, 1984.
◆ *Le Neveu de Rameau*, Flammarion, 1983.
◆ *Œuvres complètes*, Paris, Club français du livre, 1969-1973.
◆ *Œuvres complètes*, Hermann, 33 volumes (24 volumes parus depuis 1975).
◆ *Œuvres*, Laffont, Bouquins, 5 volumes (3 volumes parus), 1994-1995.
◆ *Paradoxe sur le comédien*, Climats, 1991 ; Mille et une nuits, 1999.
◆ *Pensées philosophiques*, Mille et une nuis, 2001.
◆ *La Religieuse*, LGF, Le Livre de poche, 1973.
◆ *Le Rêve de d'Alembert ; Lettres sur les aveugles et autres récits philosophiques*, LGF, Le Livre de poche, 1984.
◆ *Supplément au voyage de Bougainville*, Mille et une nuits, 1996.

ÉTUDES SUR DIDEROT

◆ CHOUILLET (Jacques), *Diderot poète de l'énergie*, PUF, 1984.
◆ DE FONTENAY (Élisabeth), *Diderot ou le matérialisme enchanté*, Grasset, 1981.
◆ EHRARD (Jean), *Diderot*, Arthaud, Littérature française (tome VIII), 1977.
◆ LEPAPE (Pierre), *Diderot*, Flammarion, Champs, 1994.
◆ LEUTRAT (Jean-Louis), *Diderot*, Éditions universitaires, 1967.
◆ MAY (Gita), *Diderot et Baudelaire*, Droz, 1973.
◆ POMEAU (René), *Diderot, sa vie, son œuvre, avec un exposé de sa philosophie*, PUF, 1967.
◆ PROUST (Jacques), *Diderot et L'Encyclopédie*, Albin Michel, 1995.
◆ WILSON (Arthur), *Diderot, sa vie, son œuvre*, Laffont-Ramsay, 1985.
◆ *Éditer Diderot*, édition de Georges Dulec, avant-propos de Jean Varloot, Voltaire Foundation, 1988.

Mille et une nuits propose des chefs d'œuvre pour le temps
d'une attente, d'un voyage, d'une insomnie…

Pour chaque titre, le texte intégral, une postface,
la vie de l'auteur et une bibliographie.

49.48.87.01.3
N° d'édition : 44340
Achevé d'imprimer en octobre 2003,
par Liberdúplex (Barcelone, Espagne).